Personen und Handlung dieses Romans sind frei erfunden.

Etwaige Ähnlichkeiten mit tatsächlich existierenden Personen wären rein zufällig und sind in keiner Weise beabsichtigt.

1

„Und?“ Fragte ich mich.
Gerade habe ich mein „erstes Leben“, wie ein Stück Alufolie zerknüllt und weggekickt.
„Wie geht’s weiter?“
Es ist Anfang Mai 1991 und der Sommer schickt seine Boten voraus.
Ich stehe auf dem Balkon meiner schönen 3-Raum Wohnung und blinzle in die Sonne.
Sie hat diesen Samstagvormittag für mich angewärmt und es geht mir gut.
Das war nicht immer so.
Ich fühle, wie sich meine Augen mit Tränen füllen.
Es sind keine Tränen von Trauer und Schmerz. Es sind Tränen von Stolz, von Freiheit und von Glück.
Denn jetzt bin ich stolz, ich bin frei und ich bin glücklich.
Ich heiße Sonnja Blume. Ja richtig. Sonnja mit zwei „n.“
Ich habe 2 Kinder, bin fast 25 Jahre und ich hasse Schnapszahlen.
Unten auf der Wiese spielt mein Sohn Lukas mit seinen Freunden die wildesten Szenen aus Knight Rider.
Seine 2 Jahre jüngere Schwester Alina sitzt auf ihrem Tretroller und beobachtet das Treiben. Versunken widmet sie sich dabei ihrem Lolli.
Lukas wird im nächsten Jahr zur Schule kommen.

Dabei ist es noch nicht einmal 10 Jahre her, dass ich aus der Schule gekommen bin.
Na ja.
Meine Oma hätte gesagt "Kinder's, wie die Zeit vergeht". Wenn sie das gesagt hat, habe ich immer gern die Augen verdreht. Doch gerade jetzt fällt mir der gleiche Satz ein. Komisch...
Wie die Hosen von Lukas schon wieder aussehen? Zu kurz sind sie auch geworden.
Ich werde sie nicht mehr waschen. Ich werde die Hose einfach weg schmeißen.
Alina hat mich entdeckt und winkt mir zu.
Ich muss einfach lachen und winke zurück.
Das sind diese besonderen Momente, in denen ich fühlen kann, wie sehr ich diese, meine Kinder liebe.
Er, der Vater, war mit dem Golf auf und davon. Er, Stefan mein Noch- Mann.
Ich bin ihn tatsächlich los. Danke. Das Leben kann so einfach, so schön sein.
Ach ja, Auto. Ich muss unbedingt seinen alten Kumpel Georg anrufen.
Der hat doch da irgendwie mit seinem Vater, gleich nach der Wende ein Autohaus aus dem Boden gestampft.
Ja, genau. Georg anrufen! Am besten noch heute. Oder, gleich jetzt?
Ohne Auto geht nichts mehr. Es muss auch kein Golf sein.
Hauptsache es bringt meine kleine Familie von A nach B.

2

Jetzt haben wir schon mehrmals telefoniert. Der Georg und ich.
2 Stunden, dann 3 dann noch mal 2 Stunden.
Was erzählt man sich eigentlich in so vielen Stunden?
So ein Telefon ist aber auch wirklich eine gescheite Erfindung.
Es steht in irgendeiner Ecke, macht keinen Dreck und meldet sich nur dann, wenn's wichtig ist. Es hört aufmerksam zu, ist geduldig oder schweigt höflich. Man kann es anlachen, anweinen oder zusammen brüllen – egal, seine Laune ändert es nicht.
Sollte es allerdings einmal eine Störung haben, wie zum Beispiel:
Widerspruch oder gar Beschimpfungen abgeben, kann man einfach auf „ Aus" klicken.
Aus Versehen, natürlich...
Danach kann man sich für das Ignorieren oder gar Entsorgen entscheiden.
Bei der Anschaffung eines Telefons steht natürlich immer die Entscheidung für das passende Modell. Man achtet ganz genau auf Design, Ausstattung, Funktionalität und Qualität.
Ob nun schlicht oder was zum angeben. Jeder kann das für sich selbst entscheiden.
Wenn das mit den „Männern von heute" auch so einfach wäre, dann würden Scheidungsanwälte Däumchen drehen.

Männer und Telefone, was für ein Vergleich.
Allerdings müssten die Garantiebedingungen sehr sorgfältig festgehalten sein.
Nutzungsgarantie, Gebrauchsspuren, Abnutzung durch eigenes und Fremdverschulden usw. usw.
Jedenfalls hat der Gesetzgeber mit seiner Angabe von 2 Jahren keine ganz schlechte Lösung gefunden.
Gibt es denn noch irgendeine lebenslange Garantie? Also, ich meine jetzt für die Männer? Brauchen wir Frauen diese überhaupt?
Ach, papperlapapp. Ich nicht. Wenn mehr und mehr Funktionen an „Irgendetwas" (zum Beispiel Telefon) oder „Irgendwem " (zum Beispiel Mann) ausfallen, sollte „Frau" sich schnellstens nach einem neuen Modell umschauen.
Mein Gott, über welche ungelegten Eier ich schon wieder brüte, dass ist ja fast nicht auszuhalten mit mir. Oder?

3

Diese Woche verging wie im Flug. Jeden Abend hatte ich jetzt mit Georg telefoniert.
Die Gespräche zwischen uns drehten sich jedenfalls längst nicht mehr nur um Autos, deren Ausstattung und Pferdestärken.
Über das Auto, für meine kleine Familie, hatten wir höchstens 5 Minuten gesprochen. Meine Ansprüche hatte ich auf preiswert und fahrbereit reduziert.
Wir waren über viel mehr Dinge ins plaudern gekommen.
Er erzählte mir, wie sein Leben jetzt aussah.
Er lebt in seiner Heimatstadt in Felsennest.
Er lebt wieder allein, seine Frau hatte sich von ihm getrennt.
Sie hatten nie richtig zu einander gefunden.
Stefan und ich waren damals zur Hochzeit von Georg und Ina eingeladen.
Wir hatten uns schon sehr auf die Braut und eine schöne Feier gefreut.
Aber diese Hochzeit war ein seltsames Schauspiel. Alles war gut geplant, organisiert und ausgestattet. Trotzdem wirkte dieser Tag gekünstelt und kühl.
Diese Hochzeit war wohl mehr von den Eltern und weniger von den Kindern gewollt. Seine Braut war die Tochter seiner Tante. Kein leibliches Kind, aber immerhin.
Georg und Ina kannten sich schon von Kindheit an.

Irgendwann war es dann „Tausend mal berührt“ und beim „Tausend und einten mal“ ist es dann passiert.
Vorher war auch schon etwas passiert.
Ina hatte schon eine kleine Tochter. Der Vater war nicht bekannt.
Der Ordnung halber musste nun also auch ein standesgemäßer Vater her.
So war es gedacht. Funktioniert hat es nicht.
Georg hatte sich dann mit aller Kraft in den Aufbau des Autohauses gestürzt und sah das Ende dieser kurzen Ehe sehr nüchtern.
Ich konnte ihm auch viel erzählen.
Viel von mir und viel von seinem alten Freund Stefan.
Von Stefan hatte ich mich getrennt.

4

Am Donnerstag hatte Georg die Idee.
„Wollen wir am Samstagabend Essen gehen?“ fragte er mich plötzlich.
„Findest du jemanden, der mal auf die Kinder aufpassen könnte “?
Ich antwortete spontan. „Ja klar, kein Problem“.
Zwei Etagen über mir wohnte meine Freundin Kerstin.
Sie ging abends oft zum Kellnern in eine Bar.
Deshalb hatte ich schon mehrmals nach ihrer Tochter Jana geschaut, oder Jana hatte einfach bei uns übernachtet.
Jana war gerade 15 Jahre und ich war ihre Seelsorgerin für die vielen wichtigen Probleme, die fünfzehnjährige nun eben mal mit sich herum tragen.
Ich konnte Jana bedenkenlos Lukas und Alina anvertrauen. Jana konnte mit meinen beiden Kleinen sehr gut umgehen.
Da musste ich mir wirklich keine Gedanken machen.
Somit stand einem Essen am Samstagabend nichts im Weg.

Endlich war Samstag, und es war nicht irgendein Samstag.
Es war *der* Samstag.
Mich hatte schon lange kein Mann mehr zum Essen eingeladen.

Deshalb war ich auch ein klitzekleines bisschen aufgeregt.
Obwohl, nein ich glaube ich war wirklich ganz schön doll aufgeregt.
Um nicht zu sagen, ich war wie verrückt aufgeregt.
Welche Frau kennt nicht diese furchtbare und doch schöne Zeit vor einem Treffen?
Das gedankliche Chaos beginnt immer sofort dann, wenn ein Termin feststeht. In meinem Fall war das der Donnerstagabend.
Aber egal wie weit eine Verabredung entfernt liegt. Umso weiter natürlich, umso länger und schlimmer kann man die ganze Vorbereitungsphase ausschmücken.
Ist noch genügend Zeit und Geld für Shopping vorhanden, könnte man mit einer nötigen Portion Geschmack, Phantasie und Selbstbewusstsein seine Ideen in die Tat umsetzen.
Außerdem besteht noch die Möglichkeit, dass „Frau" sich eine Konfektionsgröße runter hungern könnte. Zu solchen „Opfern" sind wir nämlich prinzipiell bereit.
Männer kämen niemals auf solche genialen Gedanken. Wegen einem Stell-dich-ein mit dem anderen Geschlecht?
Auf ein Schnitzel oder gar ein Bierchen verzichten? Niemals.
Wir Frauen nutzen so einen Anlass jedenfalls, um mal wieder nett mit der Friseuse zu schnattern, die Kosmetikerin mit unserem Gefühlschaos zu belästigen und den Stromzähler des Sonnenstudios Purzelbäume schlagen zu lassen.
Handelt es sich allerdings um ein kurzfristiges Date, wie bei mir, ist improvisieren mit allen Mitteln angesagt.

Hier ein Cremchen, da ein Cremchen. Endlich kommen mal die ganzen Proben, die man immer haben will, aber nie wirklich benutzt zum Einsatz.
Hier der offizielle Dank an Douglas und Co.
Jetzt ist es plötzlich richtig wichtig Cellulitis Fluid und eine Creme gegen Augenringe zu besitzen. Hauptsache, dass Zeug hält auch wirklich, was es verspricht
Rasieren. Verdammt, Mensch das wurde aber auch wirklich mal wieder Zeit. Jetzt bloß nicht daran denken, wie das ab morgen wieder juckt. Egal.
Jetzt geht es nur noch darum, dass wirklich aller, aller Beste aus sich zu machen.
Aber wir Frauen sind ja da auch kleine Künstlerinnen.
Für so eine „Phase der Wiederfindung" können wir uns schon mal mächtig ins Zeug legen.
Ich hatte also diese ganzen, der Schönheit dienenden Prozeduren hinter mich gebracht.
Die tollsten und besten Tricks dazu, hatte ich schon oft in diversen Frauenzeitschriften gesichtet und ausprobiert.
Ich war ganz „gut gelungen" und fand mich „absolut passend" für diesen Abend.
Mal ehrlich, wenn wir uns nicht wenigstens ab und zu mal recht hübsch finden würden, sollten wir uns ernsthafte Gedanken um unsere Weiblichkeit machen.
Jede Frau hat ihre guten und weniger guten Seiten.
Wie in einer „Vorher-Nachher- Show", sollten alle Vorteile genutzt, und kleinere Mängelchen kaschiert werden.
Es ist ratsam, diesen „Ich find mich extrem okay-Check" nicht morgens, nach dem Aufstehen, beim ersten Blick in den Spiegel zu machen.

Da bin ich auch eher so der Typ, der aussieht, als hätte er sich soeben die Haare mit einem Blitzknaller gekämmt. Die Falten vom Kissen zeichnen sich als Längen und Breitengrade im Gesicht ab. Die Haut ähnelt eher einem fleckigem Apfel, als einem rosigem Pfirsich.
Nein, es gibt wirklich bessere Momente im Leben einer Frau.
Solange eine Frau durch die Ladenmeile streift und die Schaufenster zu 50% benutzt, um nicht nur die Auslagen zu studieren, sondern sich selbst, ist sie gesund selbstbewusst und schön.
„Ich will so bleiben wie ich bin" du darfst, oder du musst was tun.
So ist das nun mal.
Ich sagte mir also: „Blümchen, es gibt wirklich schiefere Nasen, schmalere Lippen, farblosere Haare und kleinere Brüste, als deine...
Also mache dich nicht heiß, du siehst gut aus!"
Außerdem wollte ich ja auch nicht zur Misswahl gehen.
Ich wollte mich doch, nur mal so, mit einem „alten Bekannten" treffen.
Mehr nicht...
...Trotzdem.
Ich rannte zwischen dem Spiegel im Bad und dem Spiegel im Schlafzimmer hin und her, wie ein losgelassener Luftballon.
Nun war ich vor meinem verdattert dreinschauenden alten Kleiderschrank zum stoppen gekommen.
Plötzlich stellte sich mir die scheinbar unlösbarste Frage aller Fragen.
Was soll ich bloß anziehen?
Typisch Frau erfülle ich natürlich das Klischee, das alle Männer dieser Welt wohl nie verstehen werden.

Wir Frauen stehen vor einem Kleiderschrank, aus dem die Röcke, Hosen, Blusen, Kostüme, Tücher und wer weiß was noch, nur so heraus quellen, und finden nichts.
Gar nichts. Leider.
Es tut uns ja auch leid, aber wir können nichts dafür.
Das ist wirklich eine rein weiblich- genetische Veranlagung.
Auch aus meinem Schrank quillt viel Nichts, und viel Nichts ist genau soviel wie nicht viele brauchbare Klamotten.
Habe ich etwa diesen ganzen Plunder gekauft? Leide ich etwa zeitweise unter Geschmacksverirrung oder unter Kaufzwang?
Jedenfalls gehe ich davon aus, dass in so einer Situation, auch die selbstbewussten Frauen vor ihrem Kleiderschrank schwächeln.
Jana löste mein Problem. Völlig unbeeindruckt von meiner Diskussion um vorteilhaft und unvorteilhaft, schön und nicht schön, sowie bequem und unbequem, drückte sie mir etwas in die Hände und versperrte mir jeden weiteren Zugang zu meinem Kleiderschrank.
Ihre Entscheidung war auf ein zart rosafarbenes Kostüm gefallen.
Der Rock ging mir bis zu den Knöcheln und war an beiden Seiten geschlitzt.
Das Oberteil hatte schräg geschnittene kurze Ärmel und vorn eine durchgehende Knopfreihe. Der Zweiteiler war aus weich fließendem Jersey.
Rosa steht mir übrigens recht gut mit meinen langen, dunklen Haaren und den rehbraunen Augen.
Jana, ich danke dir.

5

Es war ein milder Abend. Es war jetzt Mitte Mai.
Georg war mit einem chicen, roten Mittelklassewagen vorgefahren.
Als er aus dem Auto stieg staunte ich ihn an.
Er hatte sich verändert. Er sah gut aus. Er sah sogar sehr gut aus.
Er war viel männlicher geworden, nicht mehr so weich und jungenhaft.
Er trug eine helle Jeans. Sein khakifarbenes Shirt passte, genau wie sein braunes Sakko, zu seinen grünbraunen Augen. Seine dichten, braunen Haare waren exakt geschnitten und gestylt. Seine Haut war leicht gebräunt.
Mit einer lockeren Leichtigkeit tänzelte er die Treppen hinauf und lächelte mich vertraut an.
Er sagte: „Hallo Blümchen, wie geht's"?
Ich war zu sehr überrascht und deshalb völlig sprachlos.
„Kann es losgehen"? Ich nickte und tippelte ihm hinterher bis zum Auto.
Unser Ziel sollte ein ungarisches Restaurant in Dresden sein.
Die Abendsonne begleitete uns während der Fahrt.
Die Bäume flogen an mir vorbei. Sie trugen ihr schönstes Frühlingsgrün.
Sie wiegten ihre satten Kronen im schwachen Wind hin und her.

Es schien, als ob auch sie sich ziemlich unschlüssig darüber waren, was dieser Abend so mit sich bringen würde.
Weit über ihnen zogen Schwalben übermütige, große Bögen. Wollten sie mir damit sagen, dass es ein ausgelassener, fröhlicher Abend wird?
Georg und ich waren während der Fahrt still. Ein unsichtbarer Schleier hatte sich um uns gelegt. Ich war irgendwie gehemmt und konnte nicht so mit ihm schnattern, wie am Telefon. Ob es ihm jetzt genauso ging? Oder hatte ihn meine plötzliche Sprachlosigkeit unsicher gemacht?
Sicherlich. Sonst könnte ja auch er etwas sagen.
Nach einer Stunde Autofahrt , saßen wir an einem schönen Zweiertischchen im Restaurant in Dresden.
Auf der Speisekarte standen so viele, leckere, typisch ungarische Gerichte.
Ich konnte mich gar nicht so leicht entscheiden.
Nehme ich so eine richtige, große Portion, sieht das ja ziemlich verhungert aus. Begnüge ich mich mit ein paar Salatblättchen, denkt er vielleicht ich bin so eine Diättante, die nichts genießen kann. Also, was denn nun?
Ich kenne die ungarische Küche ziemlich gut und mag sie auch sehr.
Das kommt daher, dass meine Mutti aus Ungarn stammt, und ich jedes Jahr meine Sommerferien dort verbrachte.
Deshalb entschied ich mich dann auch für ein reichliches Mahl. Deftig und reichlich. So, wie man das in Ungarn eben macht.
Nichts ist schlimmer, als den ganzen Abend die voll beladenen Teller der Nachbartische zu beäugen, irgendwelchen nicht gegessenen Resten nachzutrauern

und an den essensgeschwängerten Düften zu vergehen.
Und das alles nur, um einen guten Eindruck zu hinterlassen?
Nein, soweit geht die Liebe nicht.
Nicht am ersten Abend. Und sollte es je weitere Abende geben, braucht man sich diese Mühe dann auch nicht mehr zu machen.
Von irgendwoher hörte ich die unverkennbaren Geigen ihre ungarische Volksmusik streichen.
Der Kellner nahm unsere Bestellung entgegen. Mit einem verschmitzten Lächeln empfahl er uns einen richtig, guten Rotwein.
Bei dem Genuss war dann auch unser bedrückendes Schweigen vergessen.
Wir plauderten und plauderten, vor allem wieder über „vergangene Zeiten“.
Früher waren Georg und mein Mann Stefan zusammen bei der Armee.
Georg und ich kannten uns schon ungefähr 5 Jahre.
Wir lachten über die unbequeme Nacht, die Georg nach unserem Polterabend im Trabi verbringen musste.
Wir erzählten über seine und meine Ehe und warum es wohl schief gegangen war. Wir redeten über die Arbeit, die Welt und das Geld.
Ganz nebenbei schauten wir uns auch noch ziemlich tief in die Augen.
Ob das an diesem roten Wein lag? Vielleicht war das ja Zauberwein?
Inzwischen war es schon sehr spät geworden.
Weder Georg, noch ich, hatten bemerkt, dass nur noch zwei Tische besetzt waren.
Wir beschlossen, noch ein bisschen durch die laue Nacht zu schlendern.

Irgendwie hatten wir beide das Gefühl, dass es noch so viel zu bereden gab.
Der aufmerksame Kellner tat sehr geschäftig und zwinkerte mir, als Georg bezahlte, heftig, auffordernd zu. Was war denn mit dem los? Was meinte er damit? Hatte der etwa zu viel Rotwein abbekommen? Ging es ums Trinkgeld, oder hatte der etwas im Auge? Jedenfalls wünschte er uns „Viel Glück". Das fand ich richtig nett.
Ich verabschiedete mich von dem Kellner mit einen ungarischen „Köszönöm szepen", was eben auf Deutsch „Dankeschön" heißt.
Das fand er dann richtig nett.
Danach bummelten Georg und ich über die Prager Strasse, eine Fußgängerzone.
Schüchtern legte Georg seinen Arm um meine Schulter. Eigentlich war mir ja ein bisschen kühl, aber gleichzeitig auch wieder verdammt heiß.
Meine Knie schlotterten, als hätte ich gerade 5 Tage strenge Bettruhe mit vierzig Grad Fieber hinter mir.
Konnte es sein, dass ich, aus Versehen, doch ein bisschen zu viel von dem Zauberwein getrunken hatte. Vielleicht hatte genau diese Sorte Wein anregende und beruhigende Stoffe zugleich in sich?
Was war nur mit mir los?
Als wir später ins Auto einstiegen dachte ich mir: „Jetzt aber ab nach Hause, und erst mal wieder einen klaren Kopf bekommen. Dann diesen Abend überdenken und auswerten".
Bevor Georg den Zündschlüssel im Schloss drehte, drehte er sich zu mir um und gab mir einen Kuss.
Dieser Kuss verdrehte mich jetzt so sehr, dass sich, als er das Auto startete, alles um mich herum zu drehen schien.

Nun hatte er mir doch tatsächlich und buchstäblich den Kopf verdreht.
Das Ganze war natürlich kein Fall für den Orthopäden. Es war auch kein Fall für die Selbsthilfegruppe der Rotweintrinker.
Jetzt war mir auch schlagartig klar, was der Kellner längst gesehen hatte.
Amor hatte seine Pfeile verschickt. Peng. Durchschuss. Herz. Mitte.
In dieser Nacht blieb Georg bei mir.
Es war die Nacht, in der wir uns mächtig verliebten.
Ich fühlte mich, fühlte ihn und das Ganze fühlte sich auch noch verdammt gut an.
Bis dahin wusste ich nicht, dass Schmetterlinge nachtaktiv sind.

6

Inzwischen war August mein Geburtstagsmonat.
Am Tag arbeitete Georg fleißig in Felsennest und in vielen Nächten war er bei mir.
Ich lief der Sonne hinterher und fand die Welt richtig in Ordnung.
Natürlich musste da aber auch wieder eine bittere Pille in der Liebesperlenflasche stecken.
Im September wollte mein Noch- Mann Stefan die Kinder für eine Woche zu sich holen. Er wohnte jetzt bei seiner Mutter, deshalb konnte ich bedenkenlos zustimmen.
Okay, das ist die Gelegenheit mit Georg auch einmal paar Tage zu verbringen. Darauf freute ich mich schon lang. Ich konnte es sozusagen gar nicht mehr erwarten.
So, ...dachte ich jedenfalls.
Georg dachte da anders. Diesem Thema war er bis jetzt aber immer wieder gekonnt ausgewichen. Bahnte sich da etwa unser erster Streit an?
Mit der größten Bohrmaschine, die ich halten konnte, setzte ich an.
Nach mehreren Versuchen hatte ich es endlich geschafft. Als ich durch das Bohrloch guckte, sah ich seine Familie.
Er konnte seinen Eltern vielleicht klar machen, dass er sich in die tollste Frau, die er je getroffen hatte unsterblich verliebt hatte. Kein Problem.

Nur, da waren ja auch noch zwei Jungpflanzen.
Seine erste Braut hatte schon so ein eigenes Pflänzchen eingetopft.
Die Nächste bringt nun gleich 2 Töpfchen mit.
Seine Mutter wird vor Freude in die Hände klatschen.
Das wusste er. Ich wusste es bis dahin nicht.
Ehrlich gesagt, hatte ich mir darum noch gar keine Gedanken gemacht.
Jetzt hatte ich endlich eine Ahnung, worum es ging.
Er wollte nicht, dass ich ihn in Felsennest besuche, denn er wusste nicht, wie er die Sache mit uns, seinen Eltern erklären sollte.
Verstehen konnte ich das allerdings nicht. Er war doch nun wirklich alt genug um selbst zu entscheiden, was ihm gut tut. Das sich Männer aber auch immer so anstellen müssen. Das war mir jetzt alles zu doof.
Mein Telefonhörer flog auf die Station. Gebührenstop. Ruhe.
Jetzt hatte Georg mir die ganze Vorfreude auf ein paar freie Tage mit ihm verdorben.
Was war denn das für eine Nummer, die er da abzog?
Spinnt der jetzt? So was Blödes. Denkt der, ich bleibe immer nur sein Betthäschen?
Mensch, jetzt hatte ich aber so richtige Wut in mir.
Ich hatte jetzt eine Woche Freizeit vor mir. Das ist eine kostbare Zeit, wenn man sonst immer für die lieben Kleinen sorgen muss.
Also wollte ich auch mal was erleben! Ich wollte raus.
Erst einmal nahm ich allerdings eine Schlaftablette und ging ins Bett.
Licht aus. Ich will ihn nie, nie wieder sehen!
So ein Lackaffe...
Am nächsten Morgen kannte ich mein Ziel.

Den angle ich mir!
Ich, ein geborenes Stehauffrauchen machte mich also wieder mal richtig chic.
Haare locker, dezent geschminkt und einen sanften Fummel.
Da muss doch was zu machen sein.
Mein Entschluss stand fest. Ich fahre nach Felsennest.
Man soll nicht aufhalten, was nicht aufzuhalten ist.
Die *Sonne* scheint, na bitte - Lieblingswetter, Siegerwetter.
Vielleicht, dank der Hebamme, die mich sanft im Licht der Welt empfangen hatte, aber wohl mit der Rechtschreibung auf Kriegsfuß stand, hatte ich nun für immer ein „n" zuviel in meinem Namen abbekommen. Jede andere Sonja schreibt sich mit einem „n". Ich hatte in meinem Namen aber gleich zwei „n".
Vielleicht ist aber auch die Tippse, welche die Geburtsurkunden ausschreibt, an diesem Schönheitsfehler in meinem Namen beteiligt.
Vielleicht hatte sie einen absolut, schlechten Montag und Null Bock auf diese ewigen Geburtsurkunden. Ich bin an einem Samstag geboren und auf ihrem Schreibtisch hatten sich wohl allerhand „Neuankömmlinge" vom Wochenende breit gemacht. Es gab ja noch Geburtenraten damals, keine Pille und so...
Alle Babys quäkten nun nach ihrer Urkunde um Annerkennung.
Ich habe wahrscheinlich schon zu der Zeit ziemlich energisch genervt.
Und siehe da, schon machte die gestresste Sekretärin den klitzekleinen Fehler mit lebenslangen Folgen... und zwar für mich.

Egal, wer sich da verschrieben hat. Es gibt auch wirklich nette Fehler.
Ich redete mir schon seit Ewigkeiten ein, dass sich in meinem Namen ein bisschen die *Sonne* versteckt, die ich so sehr liebe.
Dann ist da noch ein *Ja*, wie- sag einfach „*ja*“ zum Leben.
Und mein Nachnahme „Blume“ klingt von Natur aus schon so positiv.
Bei all den wundervollen Blumen, die es so gibt!!! Alles logisch.
Meine Freunde nennen mich seit ewigen Zeiten „Blümchen“.
Den Namen „Held“, den mir mein Noch-Mann Stefan mitgebracht hatte, fand ich allerdings nicht ganz so passend.
Ich ließ ihn mir nur sanft an einen Bindestrich hängen und verschwieg ihn oft auch ganz.
Eine Heldin war ich nicht. Nur eine ganz normale Frau und Mutter aus Muldenstadt.
Stefan Held hatte seinem Namen viel zu oft im negativen Sinne Ehre gemacht. Er war der Held- ha, ha, aber höchstens, aller höchstens nur der Held vom Erdbeerfeld. Punkt. Mehr nicht.

Ich jedenfalls bin Sonnja Blume … -Held.

7

Da zog mich nun ein Zug von Muldenstadt nach Felsennest, welcher kein bisschen von meiner Aufregung zu verstehen schien.
In gewohnter, langweiliger Routine ratterte er vor sich hin.
Ich war so hippelig. Endlich. Nach exakt 1 Stunde und 45 Minuten hielt der Zug auf dem tristen Bahnhof in Felsennest.
Die Reisenden machten sich eilig auf ihren Weg nach Hause.
Nur ich stand ziemlich einsam vor dem Bahnhofsgebäude und schaute ihnen nach.
Teilnahmslos tickte die große Bahnhofsuhr und zeigte mir Feierabendzeit.
Ich schaute mich um und fragte mich leise „ Was mache ich eigentlich hier?“
Ich zögerte kurz. Dann gab ich mir einen Ruck und ging zielsicher zu einem wartenden Taxi.
Ich wollte mich der Sache Georg und was auch immer da noch so war, stellen.
Neugierig beäugten mich die 3 Fahrer aus ihren ordentlich hintereinander aufgestellten Autos. Ich entschied mich spontan für den ersten und sprach ihn höflich an.
„Ich möchte zum Autohaus Reich. Können sie mich dorthin bringen?“
Na da freute sich aber jemand. Selbstverständlich

konnte er mich dahin bringen.
Wahrscheinlich sind die Taxifahrer der Kleinstadt Felsennest nebenberuflich für den Lokalteil der Kreiszeitung angestellt. Jedenfalls hatte ich diesen Eindruck.
Der Taxifahrer fragte mich zielgerichtet zu wem ich und was ich dort wolle, woher ich komme, wie lange ich bleibe usw. ...
Die Fahrt ging aber auch wirklich länger, als ich erwartet hatte.
Wir fuhren quer durch die ganze Stadt und dann schon wieder raus.
Somit hatte er genügend Zeit seinen neuen Lokalbericht zusammenzustellen.
In einem kleinen Gewerbegebiet, außerhalb der Stadt, machte er endlich halt.
Wieder mal wünschte mir jemand mit einem verschmitzten Augenzwinkern „Viel Glück!" Ich bezahlte, nicht gerade wenig, und hoffte, dass der gerade entstandene Artikel nie im Tageblatt erscheinen möge.
Denn ein bisschen verquasselt hatte ich mich schon.
Da hatte ich alte Schnattertasche ja fast alle Fragen, fast wahrheitsgetreu beantwortet.
Wie blöd von mir.
Inzwischen war es kurz vor 18.00 Uhr.
Ich hatte den Taxifahrer gebeten mich eine Strasse vorher abzusetzen.
Die letzten Meter wollte ich laufen. Jetzt brauchte ich noch einmal frische Luft.
Außerdem wollte ich damit verhindern, dass der ehrenamtliche Redakteur noch ein Bild von diesem ungewöhnlichen Ereignis produziert.
Ich ging langsam auf das schöne VW- Autohaus zu.
Von draußen konnte ich sehen, dass noch mehrere Leute arbeiteten.

Ich trat ein und sagte freundlich „Guten Abend".
Mein Gruß wurde von der netten Dame an der Anmeldung erwiedert.
Ein etwas älterer Herr im Blaumann lächelte mich an und nickte.
Es kannte ja auch Keiner meine Absichten, mir den Junior Chef zu angeln.
Plötzlich tauchte Georg wie aus dem Nichts neben mir auf.
Er sagte „Hallo, du hier"?
Ich antwortete laut genug, um dass die anderen Leute es auch hören konnten. „Ja, klar, ich will dich endlich auch einmal besuchen."
Plötzlich wirkte Georg sehr nervös und bekam sogar einen roten Kopf.
So kannte ich ihn überhaupt noch nicht. War ihm mein Besuch etwa peinlich?
Er antwortete: „also ich habe da aber noch eine Menge zu tun".
„Du kannst ja erst mal mit meiner Mutter quatschen. Die ist dort drüben in dem Büro, Ihr kennt euch ja ".
Mit einem Kopfnicken deutete er auf das Büro, drehte sich um und verschwand im Eiltempo.
Ich lächelte die nette Dame von der Anmeldung entschuldigend an.
Sie hatte das Gespräch verwundert verfolgt.
Ich bewertete die Situation mit „nicht schlecht", drehte mich um und ging in die mir zugewiesene Richtung.
Georgs Eltern und ich hatten uns seit einer Geburtstagsfeier vor etwa 2 Jahren nicht mehr gesehen.
Die Tür zum Büro stand offen und ich ging langsam darauf zu.

Die Frau in dem Raum war intensiv damit beschäftigt, die Bilderrahmen an der Wand vom Staub zu befreien. Ich klopfte leise an den Türrahmen.
Jetzt drehte sie sich um und ich konnte Frau Reich sofort erkennen.
Sie hatte sich wohl besonders doll beim Putzen angestrengt, sie sah mich mit hochrotem Kopf an. Ihr Blick war verblüfft und ratlos.
Ich holte erst einmal tief Luft und mir fiel in dem Moment auch wirklich nichts Besseres ein als: „Hallo"
Jetzt schaute sie mich fragend an.
Fast, wie in einer bekannten Fernsehsendung fragte ich nicht „Was bin ich"? Sondern ich fragte einfach: „Na, wer bin ich"?
Nachdem ich den Hinweis „Georgs Geburtstagsfeier vor 2 Jahren" gegeben hatte, ohne das 5,00 Mark-Stück zu kassieren, hatte Frau Reich das Rätsel auch schon gelöst.
Sofort sah ich mich in einer Frage – Antwort Show.
Keine Ahnung wie die Moderatorin Frau Reich es schaffte, mir, ohne zwischendurch merklich Luft zu holen, neun Fragen auf einmal zu stellen.
„Wie kommst du denn hier her?
Geht's dir gut?
Hattest du nicht früher einmal eine Brille?
Wie war das eigentlich mit dem Stefan?
Wie alt sind jetzt die Kinder?
Arbeitest du?
Hast du einen neuen Freund?
Ist er nett?
Wo wohnt er denn"?
Noch immer war vom lieben Georg keine Spur und deshalb beantwortete ich erstmal die mir gestellten Fragen.

- mit dem Zug
- ja
- ich hab jetzt Kontaktlinsen
- es ging einfach nicht mehr
- 3 und 5
- nein, ich bin zu hause
- hm, ja
- sehr nett
- in Felsennest.

Frau Reich ließ sich auf den Drehstuhl plumpsen. Plötzlich sah Sie irgendwie blass aus.
Sie hatte mich gefragt und ich hatte geantwortet.
Natürlich hatte Frau Reich sofort kapiert, dass ich hier von ihrem Georg gesprochen hatte.
Ungläubig fragte sie mich trotzdem noch. „Der Georg,... unser Georg“?
Ich nickte langsam und bedeutungsvoll.
Damit hatte es ihr erst einmal die Sprache verschlagen.
Nervös putzte sie wohl zum fünfzigsten Mal über die gleiche Stelle der Schreibtischunterlage.
Gleich ist sie hin, dachte ich mir. Frau Reich, die Schreibtischunterlage oder wenn's schlimm kommt, beide.
Zum Glück stürmte gerade jetzt der „ältere Blaumann“ durch die andere Tür in das Büro.
„Wir kriegen noch eine Lieferung Gertraude. Das geht sicher noch ne halbe bis ne Stunde, ehe wir mit Abladen fertig sind“.
Sie stand auf und ließ endlich von der Schreibtischunterlage ab. Gott sei dank.
Augenblicklich konnte sie auch wieder sprechen.
“Ja, also dann, ehm, also das ist übrigens dem Georg seine „alte Bekannte“ aus Muldenstadt“.

Der Blaumann gab mir die Hand, zwinkerte mir zu und grinste.
Ich grinste zurück und sagte "Ich bin Sonnja". Er sagte „Alois Strumpf, aber alle sagen Struppi zu mir."
Genau in diesem Moment wurden wir Freunde.
Er drehte sich um und so schnell, wie er erschienen war, verschwand er nun auch schon wieder hinter der Tür. Wir hörten Stimmengewirr aus dem Verkaufsraum.
Frau Reich ging voraus und deutete mir an, ihr zu folgen. Plötzlich war da auch wieder ein sehr geschäftig hin und her flitzender Georg zu sehen.
Auf mich wirkte er verunsichert. Er traute sich nicht einmal in die Richtung zu schauen, in der seine Mutter und ich standen.
Er wusste nun, dass sie es wusste.
Ihm war schon klar, dass es für mich keinen Grund gab, seiner Mutter etwas zu verheimlichen, oder gar zu lügen.
Georg und Struppi verließen das Autohaus. Herr Reich Senior kam gerade aus der Werkstatt, sicher, um ihnen zu folgen.
Gertraude Reich stoppte ihn und sagt aufgeregt" Gerhart,...Gerhart, weißt du wer das ihiiiiiiist"?
Sie zog das „ist" so bedeutsam in die Länge, dass ihr Mann sofort Bescheid wusste, dass er jetzt seine gesamte Aufmerksamkeit auf seine Frau richten muss. Dafür kannte er sie lange gut genug.
Noch ehe er auch nur eine einzige Vermutung aussprechen konnte quasselte sie wie ein Wasserfall auf ihn ein.
"Das ist die Sonnja, du weißt schon..., die Sonnja vom Stefan, von der Armee damals, aus Muldenstadt und die ist einfach mal so..."

Er lief an ihr vorbei, gab mir kurz die Hand und rief beim Rausgehen über die Schulter "Ja, ja, erzähl mir das später, ich hab zu tun."
Inzwischen hatte sich eine Frau, etwa im gleichen Alter wie Frau Reich zu uns gestellt.
Sie war sehr groß und schlank. Sie hatte eine typische DDR Nylon Schürze an, aus deren Taschen rechts und links Putzlappen hingen. Auf der Schürze waren große weiße und lila Blumen.
Sie sagte mit dünner Stimme „Gertraude, ich bin jetzt hinten überall fertig.
Soll ich abschließen"?
Frau Reich überging die Frage und sagte „Also wenn die Männer noch so lange zu tun haben, genehmigen wir uns jetzt einen Schluck Wein. Hole mal drei Gläser, Helga, ich muss dir was erzählen, das glaubst du ja nicht."
Zu mir sagte sie „Setz dich schon mal dort vorn an den Tisch, ich hol bloß schnell eine Flasche Wein aus dem Kühlschrank."
Ich ging langsam durch die Ausstellungshalle und schaute mich um.
Neben einem blitzblank geputzten schwarzen Wagen stand ein runder Tisch mit sechs Stühlen. Ich setzte mich und blätterte in einem Prospekt, ohne wirklich hin zu schauen.
Mir war vorher aufgefallen das das Autohaus Reich ein sehr schönes Autohaus war. Nicht kitschig blumig, sondern dezent attraktiv. Und alles war noch so schön neu.
Das gefiel mir. Ich liebe neue Dinge.
Jetzt steuerte „Helga", mit den drei Gläsern, gefolgt von Frau Reich, mit dem Wein auf den Tisch zu.
Frau Reich machte sich eifrig daran, den Wein zu öff-

nen. Frau Helga nahm derweil Platz.
Sie schaute mich verunsichert an. Aus diesem Grund ergriff ich die Initiative, reichte ihr die Hand und sagte" Ich bin Sonnja Blume". Den Held, dachte ich mir wieder nur und ließ ihn weg.
„Ich komme aus Muldenstadt und besuche hier den Georg"
„Helga Winkler" sagte Helga wieder mit dünner Stimme. Sie gab mir zaghaft die Hand.
Helgas Händedruck war einer von dieser Sorte, bei der man nicht weiß, ob man die Hand überhaupt richtig anfassen darf, oder ob sie dann kaputt geht.
Inzwischen hatte Frau Reich den Wein in die Gläser gefüllt.
Sie schob uns jedem ein Glas zu, und sagte „Zum Wohl".
Helga Winkler und ich sagten das Gleiche und nippten an unseren Gläsern.
Augenblicklich holte Frau Reich Luft und wandte sich an Helga.
" Helga stell dir vor, der Georg, der hatte doch so einen Freund bei der Armee. Weißt du, dass war doch damals der, der auch an der Hochzeitsfeier vom Georg...
Jetzt platzte es nur so aus Frau Reich heraus. Helga wurde nun über die neusten Erkenntnisse der letzten halben Stunde detailgenau informiert.
Dabei nickte mir Gertraude Reich immer zu und fragte fast nach jedem Satz „Stimmt's, Sonnja" oder „Nicht wahr, Sonnja"?
Ich nickte immer, denn zu mehr, wäre ich ja sowieso nicht gekommen.
Als sie endlich alle Nachrichten übermittelt hatte, hielt sie kurz inne.

Sie schaute mich an und begann augenblicklich wieder mit ihrem Fragespiel.
Ich sollte noch so viel mehr erzählen.
Nach kurzem überlegen tat ich das dann auch.
Da staunten sie nicht schlecht, was es schon alles über Georg und mich zu berichten gab.
Ich erzählte, wie es angefangen hatte. Ich erzählte, wie es dazu kam, dass wir uns bis jetzt nicht wieder aus den Augen verloren hatten. Ich erzählte, über unseren Streit am Telefon und ich erklärte, warum und wie ich jetzt hier ins Autohaus Reich nach Felsennest gekommen war.
Helga Winkler und Gertraude Reich hörten gespannt zu. Ich konnte sehen, wie Georgs Mutter ab und zu nach Luft schnappte.
Also, dass ihr Georg den Grossteil der Nächte schon seit einem viertel Jahr in Muldenstadt verbringt... Darüber schüttelte sie den Kopf.
Jetzt hatte ich es schon wieder geschafft, sie sprachlos zu machen.
Aber auch dieses Mal hielt es nicht lange an.
Die Männer stürmten durch die großzügige Glastür herein.
„Wir sind fertig mit abladen, Mädels. Seid ihr soweit"? rief Herr Reich im vorbeigehen." Ich hole bloß noch meinen Koffer".
Georg verschwand mit einer Hand voll Zetteln in einem der Büros.
Struppi kam zu uns an den Tisch um sich zu verabschieden.
Er reichte jedem die Hand und verließ lächelnd und pfeifend das Autohaus.
Ich konnte noch sehen, wie er sich draußen vergnügt auf sein Fahrrad schwang und davon fuhr.

Inzwischen war es kurz nach halb Acht.

Frau Reich war aufgesprungen und tippelte ihrem Mann hinterher.

„Gerhart, Gerhart“ rief sie ihm laut hinterher.

Jetzt stand Helga Winkler auf, um den Tisch abzuräumen.

Ich hatte gar nicht bemerkt, dass wir drei Frauen die Weinflasche leer getrunken hatten. Jedenfalls fühlte ich mich bestens. Der gute Wein, extra für das Autohaus Reich abgefüllt und etikettiert...wie ich inzwischen gelernt hatte.

Endlich konnte das Autohaus abgeschlossen werden.

Wir standen alle draußen. Auch Georg stand, zum ersten Mal an diesem Abend, an meiner Seite. Er hatte zwar immer noch nichts gesagt, mich nur zaghaft angelächelt, aber immerhin.

Herr Reich machte den Vorschlag, dass wir noch Essen fahren könnten.

Das war eine gute Idee. Ich hatte einen Bärenhunger.

Ich hatte inzwischen erfahren, dass Helga Winkler eine gute Bekannte von Familie Reich war. Sie half gerne ab und zu beim Putzen des Autohauses.

Sie wohnte im gleichen Mehrfamilienhaus in Felsennest, wie Familie Reich.

Es wurde dann noch ein recht netter und geselliger Abend. Wir waren in eine urige Dorfkneipe gefahren. Das Essen schmeckte sehr lecker.

Als Georg und ich uns verabschiedeten fragte seine Mutter: „Wie kommst du denn jetzt noch nach Muldenstadt“?

Ich sagte einfach so, ohne zu überlegen, dass ich bei Georg schlafe.

Noch einmal stand ihr Mund offen und sie brachte kein Wort heraus.

Wir verabschiedeten uns schnell und machten uns auf den Weg...
Im Auto fragte ich Georg „Aus welchem Jahrhundert stammt eigentlich deine Mutter"? Mein Freund, Georg Reich gab mir darauf keine Antwort.

8

Er hatte eine kleine 2-Raum Wohnung nach Junggesellenart.
Diese Wohnung befand sich in der dritten Etage eines 10-Familiehauses.
Im Wohnzimmer gab es noch einen richtigen Kachelofen. Den musste man vom Flur aus mit Kohlen und Holz füttern.
Das Bad und die Küche waren lang und schmal.
Das Wohn- und Schlafzimmer waren etwa gleich groß und quadratisch.
Dieser Wohnung fehlte aber auch wirklich jede weiblich, liebliche Note.
An der Pinnwand in der Küche fand ich so aufregende Zettel wie „ Hausordnung dann und dann“ oder „letztes Mal Fenster geputzt am Soundsovielten“.
Hier musste doch etwas passieren.
Mit ein bisschen Geschick und Geschmack, konnte man doch hier richtig was draus machen.
Ich hatte sofort erkannt, hier werde ich dringend gebraucht.
Gestalten und Dekorieren mache ich doch für mein Leben gern.

Georg und ich haben in dieser Nacht noch lange miteinander gesprochen.
Er sagte mir, wie froh er jetzt war, dass seine Eltern nun endlich von unserer „mehr, als nur Freundschaft“

wussten. Er war zwar erst, als ich da so einfach im Autohaus ankam, ziemlich sauer. Inzwischen war er mir aber sehr dankbar, dass ich ihm dieses Gespräch, zwischen seinen Eltern und ihm, quasi erspart hatte.
Am nächsten Morgen ging Georg, wie gewohnt ins Autohaus zur Arbeit.
Ich war frei. Ich war glücklich und ich konnte das tun, was ich richtig gerne tat.
Ich wirbelte durch diese Wohnung. Ich putzte, räumte, entrümpelte und ging einkaufen.
Ich hörte laute Musik, ich sang, ich tanzte und ich träumte in Begleitung von Elton John.
Abends kam Georg zurück und ich fiel ihm um den Hals.
So ging das 3 Tage. Elton John und ich hatten echt was geschafft.

Die Woche war wie im Flug vergangen. Es war Freitagabend.
Georg und ich saßen in seinem, inzwischen richtig gemütlichen Wohnzimmer bei einer Flasche Wein.
Ich war zufrieden mit meinem Werk. Georg war froh über mein Werk.
Er sagte: "Mensch, das man so viel aus so einer Plattenwohnung machen kann, dass hätte ich nie für möglich gehalten.
Jetzt fühle ich mich zum ersten Mal richtig wohl in meiner Bude.
Alles sieht so freundlich aus. Das hast du echt gut hingekriegt."
Aus dem kleinen grauen Mauseloch war eine hübsche Wohlfühlresidenz geworden.
Für Samstag hatten sich seine Eltern zum Kaffeetrinken angekündigt.

Ich hatte einen Kuchen gebacken.
Als Georgs Eltern, pünktlich 15.00 Uhr erschienen, konnten sie kaum glauben, was sie da sahen. Sie bestaunten jedes noch so kleine Detail, dass sich geändert hatte.
Sein Vater, ein sehr praktischer, aber nicht emotionsloser Mann, setzte sich erstmal auf die Couch.
Wir kamen wenig später hinzu. Gertraude Reich setzte sich neben ihren Mann. Der Kaffee und der Kuchen dufteten einladend.
Georg saß rechts, an der Stirnseite des Tisches, neben seinem Vater. Ich saß auf der anderen Seite gegenüber.
Gerhart Reich sah prüfend nach links zu Georg, dann nach rechts zu mir.
Ich hielt die Luft an. Ich glaube mein Herzschlag setzte für einige Sekunden aus. Langsam sagte er dann:„ Also meinen Segen habt ihr „!
Herzschlag und die Atmung setzten bei mir augenblicklich wieder ein und ich verteilte stolz den Kuchen.
Gertraude Reich fand auch alles sehr schön. Allerdings sagte sie nichts dazu, lächelte nur etwas verlegen und unsicher.
Egal. Ich war mir sicher, was ich hier wollte. Die Entscheidung, mir meinen Prinzen zu angeln, war richtig gewesen.
Ich hatte es geschafft.
Am Sonntag musste ich meinen Ausflug nach Felsennest beenden.
Georg brachte mich nach Muldenstadt.
Einerseits freute ich mich riesig auf Lukas und Alina.
Andererseits war ich auch traurig, dass Georgs und meine gemeinsame Woche jetzt vorbei war.

Als er die Autobahnausfahrt nach Muldenstadt nahm, hätte ich losheulen können. Ich wusste eigentlich noch gar nicht, was er sich so dachte, wie es denn jetzt weitergehen könnte. Ich hatte ja schon längst damit begonnen, meinen Traum von einer gemeinsamen Zukunft, zu träumen.

Aber was hatte er? Dachte er inzwischen auch an eine gemeinsame Zukunft?

Sollte es so weitergehen, wie bisher? Sollte sich alles ändern? Er konnte ja nicht weg von Felsennest. Das war so klar wie Kloßbrühe.

Würde ich von Muldenstadt nach Felsennest umziehen? Würde er das überhaupt wollen? War er schon so weit? Wie weit war er überhaupt?

Ich grübelte vor mich hin und hatte gar nicht bemerkt, dass er in eine Seitenstrasse abgebogen war.

Plötzlich hielt Georg an. Ich tauchte aus meinen Gedanken auf und sah ihn fragend an. Wie schon damals in Dresden, drehte er sich langsam zu mir um.

Noch bevor mir überhaupt heiß oder kalt werden konnte, passierte es.

Georg sagte: „ Ich liebe dich“ und „ Ich liebe dich sogar so sehr, dass ich immer mit dir zusammen sein will“!

Augenblicklich hatten sich alle meine Fragen in Luft aufgelöst.

Ich fiel ihm um den Hals. Ich war ja soooo glücklich.

9

Jetzt waren wir also „ganz offiziell" ein Paar.
Somit war schon meine nächste Aufgabe geboren.
Wie wird das Ganze denn nun mit den Kindern klappen?
Werden sie ihn akzeptieren? Wie finden sie es überhaupt, wenn Mami jetzt einen Freund hat? Kommen sie damit klar, gehen sie in Protesthaltung oder sind sie offen für so eine Veränderung?
Da ich meine beiden „Wildfänge" am Besten kenne, lag ich allerdings mit der Vermutung, dass „Die Neugier siegt" richtig.
Jetzt sollte Georg übers Wochenende nach Muldenstadt kommen.
Meine Kinder benahmen sich erwartungsgemäß furchtbar.
Da steht man nun als Mutter da, predigt ihnen alle Benimmregeln vor, und muss sich dann trotzdem fragen: Sind das etwa meine Kinder?
Sagt ordentlich „Guten Tag"! Was sagt man, wenn man etwas bekommt?
Nimm dir bitte ein Taschentuch! Ihr sollt doch nicht über die Sofas springen!
Wenn sich Georg nach diesem 1. Nachmittag nicht wieder gemeldet hätte, wäre das fast logisch gewesen.
Aber so dramatisch wie ich, muss er es wohl nicht empfunden haben.

Es war ihm schon klar, dass es mich nur im Dreier-Vorteilspack gibt.
Außerdem sind so kleine Menschen, wie Lukas und Alina auch kleine Persönlichkeiten die viele gute Seiten haben.
Lukas führte mit Georg richtige „Männergespräche“ Zum Beispiel über das tolle Auto mit dem Georg gekommen war. Als Krönung durfte der Knirps an einer Probefahrt teilnehmen.
Alina bestach ihn wahrscheinlich mit ihrem Engelsgesicht und der Natürlichkeit, die sie mit Sicherheit von mir geerbt hatte.
Die drei hatten sich beschnuppert. Offensichtlich mochten sie sich auf Anhieb.
Nun war der Stein also noch weiter ins Rollen gekommen.
Von nun an fuhr Familie Blume- Held jedes Wochenende mit dem Zug zu Georg Reich.
Das war eine interessante und willkommene Abwechslung.
Wir genossen diese Wochenenden und unternahmen alles gemeinsam.
Es war eine wunderbare Zeit.
Lukas und Alina waren ganz verrückt nach Georg und Georg schloss die Kinder auch immer mehr in sein Herz.
Ich stand als Vermittlerin zur Seite und versuchte unser Leben zu viert so gut wie möglich zu lenken.
Irgendwann im Oktober wollten Georgs Eltern meine Kinder kennen lernen.
An einem Sonntag wollten wir gemeinsam essen gehen.
Ich putzte meinen 2 Pflänzchen also die zarten Blätter und ließ sie in voller Pracht wirken.

Vorsorglich hatte ich alles, was da kommen könnte, mit ihnen besprochen.
Wir trafen uns in einem Landgasthaus weit außerhalb von Felsennest.
Seine Eltern saßen schon erwartungsvoll am Tisch.
Lukas und Alina sagten höflich „Guten Tag", setzten sich auf ihre Plätze und waren mucksmäuschenstill.
Sie aßen mit Messer und Gabel. Sie verschütteten keinen Saft.
Sie blieben auch nach dem Essen sitzen. Während des Essens sahen sie immer wieder zu mir herüber. Ich zwinkerte ihnen kaum merklich zu und sie waren sich sicher, dass sie alles ganz richtig gemacht haben.
Alles war gut gegangen. Ich war sehr stolz auf Lukas und Alina.
Gertraude und Gerhart Reich äußerten sich ganz erleichtert und zufrieden, über dieses Treffen. Ihre anfänglichen Zweifel waren nun endgültig ausgeräumt.
Lukas, Alina, Georg und ich waren eine Familie und hatten auch diese Hürde genommen.

10

In der Woche, nach diesem Essen bekam ich von Georg einen Trabi.
Und zwar geschenkt!
Die Blümchen unterwegs im Trabant 601 de luxe. Was für eine Sensation!
Nun konnten Lukas, Alina und ich jedes Wochenende mit dem Auto zu Georg fahren.
Inzwischen war aus uns wirklich eine richtige kleine Familie geworden.
Ich wollte nicht eine Sekunde daran zweifeln, ob dass, was wir taten, richtig oder falsch oder gar zu schnell oder zu fest geworden war.
Es war für mich wunderbar, so wie es war.
Ich ging mit der rosarottesten Brille über Wolke 7 und weiter.
Ich fühlte, dass er der Traummann ist. Mein Traummann.
Außerdem verschwendete ich auch keinen Gedanken daran, ob er Zweifel an unserer Beziehung haben könnte. Ich liebte ihn, war sehr, sehr glücklich und das reichte ja schließlich.
Jeden Abend, bevor wir aneinandergekuschelt einschliefen, stellte ich ihm die gleiche Frage „In welchem Moment hat es heute bei dir am Meisten im Bauch gekribbelt"?
Jedes mal gab er mir eine schöne Antwort. „Als du mich heute morgen angelacht hast". Als du ins Auto-

haus gekommen bist und mich geküsst hast. Als ich in meiner Jacke dein Zettelchen fand" und, und, und. Immer hatte er eine andere Antwort für mich. Ja, Georg liebte mich genau so sehr, wie ich ihn.
Ich sonnte mich in seinen Worten und freute mich über jede Sekunde, die ich mit Georg verbringen durfte.
Irgendwie ist auch wirklich etwas dran, dass die größte Liebe immer auf kleinstem Raum am meisten Platz findet.
Nur gibt es Momente, in denen man das wirklich total vergisst.
Bei mir passiert das immer genau dann, wenn Unordnung herrscht.
Ich gehöre zu den Frauen, die zu Hause gerne alles schön aufgeräumt haben.
Alles hat seinen Platz. Gerade in einer 60 qm Wohnung ist das sehr, sehr wichtig.
...Jedenfalls für mich.
Wenn ich bei meiner Hausarbeit erst einen Hindernislauf überwinden muss, fällt meine gute Laune sofort unter Null Grad.
Da stand der voll beladene Wäscheständer im Weg. Drumherum hatte sich meine Jüngste ein Barbieland aufgebaut. Lukas bastelte an seiner Autorennbahn und ein neuer Wäschehaufen bettelt mich stumm schreiend an: „Bitte wasch mich, ich bin doch so hässlich".
Genau so ein Moment war jetzt.
Da konnte ich schon mal so richtig ungerecht werden.
Ich schimpfte mit den Kindern, und verteilte Aufgaben an Georg.
Es mussten Kohlen aus dem Keller geholt und Feuer gemacht werden.

Der Mülleimer sperrte auch schon den Rachen auf ...und das bisschen Geschirrspülen wird er doch wohl mal hinkriegen. Oder?
Hausarbeit war allerdings nicht gerade seine Leidenschaft.
In dieser Hinsicht, war er von seiner Mutter Gertraude Reich ziemlich verwöhnt.
Sie machte lieber alles selbst, als dass es ihr einer nicht recht machen konnte. Wie sollte ich das noch gerade biegen?
Da habe ich nun endlich das ausgewachsene Kind unter Vorbehalt aller Rechte von der Mutter ergattert. Nun stelle ich erhebliche Mängel, zumindest, was die Hilfe im Haushalt betrifft, fest. Na ja und jetzt muss ich zusehen, wie ich damit klar komme.
Da hilft auch keine Mängelliste mehr. Garantie wurde nicht vereinbart.
Er ist eben kein Telefon...
Ich möchte diesen Fehler bei meinem Sohn Lukas nicht machen. Habe keine Lust auf Auseinandersetzungen mit einer zukünftigen Schwiegertochter.
Ich schwöre, ich bleibe dran bei meinem Sohn.
Schließlich leben wir in einer Zeit, in der es durchaus zu komplettem Rollentausch zwischen Mann und Frau kommen könnte. Könnte!
Okay, soweit sollte es bei uns ja gar nicht kommen. Aber ein bisschen Helfen hat noch keinem geschadet.
Wenn ich seine Arbeitsbeteiligung mit ausreichend bewerten konnte, war ich froh, wenn er sich die Kinder schnappte und mit ihnen zum Spielen raus ging.
Dann hatte ich endlich freie Bahn. Ich konnte durch die Wohnung wirbeln und eins, zwei, drei, die Unordnung war vorbei.

Georg sagte: „Wenn der Staubsauger mal kaputt sein sollte, wirst wohl auch du jämmerlich zu Grunde gehen".
Über seinen geliebten Zynismus konnte ich mir allerdings nicht ein einziges Mal ein Lächeln abgewinnen.
Das sagte er ja nur, weil ich ihm einmal zugerufen hatte, dass ich das Gebrumme des Staubsaugers toll finde.
Inzwischen verbrachten Lukas, Alina und ich jedes Wochenende in Felsennest.
Georg und ich hatten beschlossen, den Kindern das Schlafzimmer als Kinderzimmer zu überlassen. Dort konnten Lukas und Alina am Tag spielen und abends in Ruhe schlafen.
Damit war das Wohnzimmer eine weitestgehend spielzeugfreie Zone.
Das beruhigte schon mal meinen ausgeprägten Ordnungssinn.
Wir mussten zwar jeden Abend das Sofa für uns aus, und morgens wieder einklappen. Das wirbelte auch eine Menge Staub auf, ließ sich aber für den Moment auch nicht ändern.

11

Der 6. Dezember fiel, wie wunderbar auf einen Sonntag.
Lukas und Alina hatten ihre Stiefelchen ordentlich geputzt und im Flur für den Nikolaus aufgestellt.
Morgens schlichen sie aus dem Schlafzimmer, vorbei an unserer Klappcouch.
Das Ausschlafen hatte sich also erledigt und wir mussten über die vielen kleinen Aufmerksamkeiten, die sie in ihren Stiefeln gefunden hatten, mächtig staunen.
An diesem Vormittag wollten die beiden Kinder zum Spielplatz gehen.
Vor der Wohnungstür standen ihre grünen und roten Gummistiefelchen in einem kleinen Regal.
Nachdem sie endlich ihre Mützen, Handschuhe und Schals auseinander dividiert und angezogen hatten, gingen sie aus der Tür.
Plötzlich riefen die beiden ganz aufgeregt:“ Mama schau doch mal, hier hat der Nikolaus noch etwas in unsere Stiefel gesteckt“.
Es stimmte. Auch diese Schuhe waren reichlich gefüllt.
Erklären konnten wir das erst einmal nicht. Georgs Eltern hatten die Finger nicht im Spiel, denn sie wollten erst am Nachmittag zu uns kommen und eine Kleinigkeit mitbringen.
Also, wer war der liebe Nikolaus?

Wir hatten echt keine Ahnung, wer das gewesen sein könnte.
Am darauf folgenden Wochenende traf ich im Hausflur auf eine Nachbarin.
Freudestrahlend berichtete sie mir, dass es ihr großen Spaß gemacht habe die Stiefelchen für die zwei „Süßen Flöhe“ zu füllen.
Sie hatte den ganzen Vormittag hinter der Tür gelauscht, um dann endlich an der Freude der Kinder teilzuhaben. „Es ist doch so schön, wenn sie noch daran glauben“ sagte sie mir. Ich gab ihr Recht und hoffte für meine beiden "Flöhe“, dass es noch lange so bleiben wird.
Auch ich erinnere mich gern an die Heimlichkeiten in der Vorweihnachtszeit.
Es ist die schönste und intensivste Kinderzeit.

Inzwischen kannten mich auch alle Angestellten des Autohauses.
Anfangs kam ich mir vor, wie ein Neuwagen zur Sonderschau.
Da ich aber immer offen auf Menschen zugehe, hatte ich auch dort keine Berührungsängste. Schnell waren diese ersten Zurückhaltungen überwunden.
Das heimliche Getuschel um „die Neue“ hatte sich gelegt.
Ich kam mit den Mechanikern genau so gut zurecht, wie mit den Frauen vom Büro.
Da war natürlich noch mein Freund Struppi, den mochte ich besonders. Struppi hatte wirklich immer gute Laune.
Wirklich alle, bis auf eine Ausnahme, waren sehr nett zu mir.
Die Ausnahme hörte auf den Namen Esther Winter.

Esther war eine ganz schlanke, dunkelhaarige, wirklich hübsche, junge Frau.
Vom Typ her, hätten wir eigentlich Schwestern sein können.
Es gab sogar anfänglich einige Kunden im Autohaus, die Esther und mich verwechselten.
Aber warum benahm sie sich immer so abweisend zu mir?
Mein Bauchgefühl sagte, dass sich Esther in meinen Georg, ihren Junior-Chef verliebt hatte.
Sie hatte sich seit Georg und Ina's Scheidung Hoffnungen auf ihn gemacht.
Als sie von uns erfahren hat, war sie sauer. Ihr blieb nichts weiter übrig als Georg und mich als Ganzes zu akzeptieren. Ist schon blöd, so eine Situation. Wer mag das schon? Georg hatte Esther jedoch nie einen Anlass gegeben.
Vielleicht hatte er manchmal bisschen geflirtet, okay. Sie waren auch oft zusammen in der Disco. Jedoch wollte Georg nie Arbeit und Privat verbinden.
Außerdem war Esther selbst verheiratet, vielleicht nicht glücklich, aber sie war es nun mal.
Warum hätte sich Georg solchen Stress antun sollen? Georg und Esthers Mann Ralli kannten sich auch schon sehr lange und waren befreundet.
Sicher, Esther ist sehr hübsch, rank und schlank, genau so, wie es Georg gefällt. Aber mehr als Freundschaft konnte er für sie nicht empfinden.
Das hatte er mir auch so erklärt.
Jedenfalls brachte Esther kaum ein „Hallo" über die Lippen und zeigte auch sonst keine menschliche Regung, mir gegenüber.
Wir Frauen sind da schon sehr feinfühlig. Ich, jedenfalls, wurde nie das Gefühl los, dass sie mich nicht aus-

stehen konnte. Irgendwann beruhte das auf Gegenseitigkeit. Das dauerte gar nicht lange.
Es folgten unschöne Gerüchte, in denen es um mein bisheriges Leben ging. Irgendwelche Sachen, die mit irgendwelchen Männern, die sich in Muldenstadt meine Türklinke in die Hand gegeben haben sollen, zusammen hingen.
Wer hatte bloß so einen Quatsch erfunden und erzählt?
Georgs Vater hielt nichts von solchem Gerede. Er wollte in seinem Autohaus Ruhe haben.
Glaubte seine Mutter etwa diesen Schwachsinn?
Sie glaubte.
Aber sie kannte mich doch von früher. Was sollte denn jetzt dieses Theater? Nur weil meine Ehe schief gegangen war, war ich doch kein schlechter Mensch. Das war doch ihr Georg auch nicht.
Mir ging dieses Gequatsche jedenfalls alles ziemlich auf die Nerven.
Ich hatte echt keine Lust, mir jedes Wochenende solchen Klatsch und Tratsch anzuhören. Das Gertraude Reich so leichtgläubig durch die Welt spazierte, ärgerte mich jedoch sehr.
Georg hielt zu mir und sagte: "Mach dir nichts draus, wir wissen ja, dass das alles nicht stimmt. Das wird sich schon alles irgendwann beruhigen". Hoffentlich würde er Recht behalten.
Meine Vermutungen, das Esther hinter diesen Geschichten steckte, bestätigten sich nach der Autohaus Weihnachtsfeier.
Esther hatte diese gemeinen Lügen und Anschuldigungen verbreitet.
Fantasie hatte sie, dass musste man ihr lassen.
An diesem Abend ließ sich Esther so richtig aus. Sie

setzte sich absichtlich neben Gertraude Reich und klagte über ihr Leid. „Wie der Georg sich doch so negativ durch mich verändert hätte“ und „Was will er denn mit so einer wie DIE“, „...und erst noch die zwei Kinder, was er sich da antut“...
„Seine alten Freunde vernachlässigt er total durch DIE.“
Sie mochte ja noch nicht einmal meinen Namen aussprechen.
Bei „DER“ war ich “DIE“.
Hatte Esther da zu viel getrunken oder sprach nun etwa der blanke Neid der Besitzlosen oder gar schon Hass aus ihr?
Jedenfalls machte uns Georgs Mutter am nächsten Tag den Vorschlag:
„Geht doch mal zu Esther und ihrem Mann Ralli, nehmt eine Flasche Wein mit und sprecht mal über die ganze Sache “!
Bitte ? Da hatte ich mich wohl verhört?
Sollte ich mich jetzt etwa dafür entschuldigen, dass ich mich in Georg verliebt hatte, nach Felsennest gekommen war und doch kein Tageblatt dieses Großereignis vorsichtig angekündigt und dokumentiert hatte? (Der Taxifahrer hatte also damals dicht gehalten. Danke.)
Hätte Esther dann anders reagiert?
Also, da haut es doch die stärkste Mieze vom Baum.
Das war nun aber wirklich ein bisschen zu viel verlangt, von Gertraude Reich.
Georg und ich lehnten diesen Vorschlag ab.
Solchen Unsinn mussten wir uns nicht antun.

11

Wir bereiteten viel lieber unser erstes gemeinsames Weihnachtsfest vor.
Lukas, Alina und ich wollten Plätzchen backen.
Wir kneteten und rollten Teig. Jedes ausgestochene Plätzchen musste bestaunt werden. Die beiden Hitzköpfe mussten sogar vor der Backröhre sitzen bleiben, um den Backvorgang genauestens bestaunen und kommentieren zu können.
Aber dann kam das Beste am Plätzchen backen. Das Dekorieren.
Lecker, alle diese süßen, klebrigen Sachen.
Georg betrachtete unser Treiben durch das Objektiv der Videokamera und ich versuchte unentwegt den Boden vor den Kreativmustern meiner Bäckerlehrlinge zu verschonen. Lukas und Alina hatten sich auch gleich noch mit Vollmilch –Kuvertüre verziert und sahen jetzt eher wie Indianer, statt wie Bäcker aus. Nachdem alle Plätzchen fertig waren, mussten die beiden dringend in die Badewanne.
Da half nur noch waschen und spülen ohne Schonwaschgang.
Später bekam Georg den Auftrag einen geeigneten Weihnachtsbaum für unsere Platzverhältnisse zu besorgen.
Die Halleluja- Staute, die er dann nach 2 Stunden angeschleppt brachte, war nicht sonderlich schön, erfüllte aber ihren Zweck. Mit ein bisschen Geschick

machen wir da schon etwas draus. Da war ich mir wieder mal vollkommen sicher.

Es war endlich Heiligabend und es herrschte weihnachtliche Stimmung in unserer kleinen, guten Stube.

Auf der Couch hatten meine und Georgs Eltern, sowie seine Omas Platz genommen.

Das war vielleicht ein Durcheinander beim Kennen lernen.

Wer ist denn nun die Mutter von wem, und wohnt wo usw., usw. ...

Aber das Wichtigste an diesem Abend war natürlich der Weihnachtsmann.

Der Geschenke- Bringer war ein guter Bekannter und Kunde des Autohauses.

Er hatte schon eine Menge Erfahrung in Sachen Weihnachtsmann und übte diese Tätigkeit jährlich aufs Neue aus.

Ich hatte dem Weihnachtsmann für jeden, ein hoffentlich passendes Geschenk, in den Sack gesteckt. Diesen hatte er vorher bei uns abgegeben.

Ich hatte den gefüllten Sack vor der Tür abgestellt.

Mit großem Gepolter kündigte sich der Weihnachtsmann bei uns an.

Lukas und Alina standen stramm.

Etwas ängstlich und respektvoll standen sie ihm gegenüber und beäugten ihn erwartungsvoll.

Er hatte das große Buch der „guten und schlechten Taten" mit gebracht und las daraus vor. Verlegen stammelten Lukas und Alina ein paar Versprechen zu den „schlechten Taten" vor dem Weinachtmann zusammen.

Bei den „guten Taten" schielten ihre Äuglein hoffnungsvoll zu dem prall gefüllten Sack des Weih-

nachtsmannes.
Alle mussten nach alter Tradition für den Weihnachtsmann singen oder ein Gedicht aufsagen. Danach bekam dann jeder sein Geschenk.
Es wurde ein turbulenter Abend. Nachdem der Weihnachtsmann das Feld geräumt hatte, tauchten plötzlich aus allerhand Körben und Beuteln weitere Geschenke auf.
Jeder hatte eben auf seine Art das Weihnachtsfest vorbereitet.
Die Uromas schüttelten pausenlos mit dem Kopf und stellten fest, dass doch früher alles ganz anders war.
Unsere Eltern freuten sich, dass wieder eine gewisse Ordnung in unser Leben eingezogen war. Dazu gab es ordentlich Bier und Sekt.
Die Kinder hatten mit ihren Geschenken zu tun.
Georg und ich fanden alles in allem einen gelungenen heiligen Abend und waren trotzdem froh, das alles vorbei war.

12

Den ersten Weihnachtsfeiertag verbrachten wir auf dem Land bei Georgs Lieblingsoma.
Es war eine Familien- Tradition, dass sich dort die ganze Familie traf.
Die Kinder und ich lernten nun Tante Gerda, Onkel Horst, Cousin Axel mit Frau Liane und deren Zwerge Phillip und Toni kennen.
Wir waren uns schon einmal bei Georgs Hochzeit begegnet, aber das war lange her. Diese Hochzeitsfeier war jedoch auch so unspektakulär, dass ich mich nicht einmal mehr an die Gäste erinnern konnte.
Heute fanden wir alle sofort einen guten Draht zueinander.
Die vier Kinder waren im gleichen Alter und hatten keine Berührungsängste.
Sie spielten gleich prima miteinander. Diese schöne Unbefangenheit haben uns die lieben Kinderchen oft voraus.
Alle Kinder hatten natürlich ihr Lieblingsgeschenk mitgebracht. Jeder stellte sein Spielzeug vor und es wurde gemeinsam ausprobiert. Lukas, Phillip und Toni waren mit ihrem Spielzeug für Jungs klar im Vorteil. Alina spielte mit ihren Barbies, ab und zu ließ sie sich von Liane und mir helfen.
Außerdem stand bei der Oma ein herrliches altes Klavier.
Jedes Kind wollte natürlich auch da sein absolutes

„Können" unter Beweis stellen.
Sie hämmerten auf den armen alten Kasten ein, dass er nur so stöhnte.
Da braucht man schon Nerven, wie Drahtseile, wenn sich Vierzig kleine Kinderfinger auf der Tastatur auslassen.
Das tat vor allem Georgs Vater in den Ohren weh, denn er beherrscht dieses Instrument nahezu perfekt.
Meine Kinder tauften Georgs Lieblings-Oma an diesem Tag zur Klavier-Oma.
Für uns Erwachsene blieb an diesem Nachmittag eine Menge Zeit zum erzählen.
Wir stöberten in alten Fotos. Außerdem waren wir träge, vom vielen Essen.
Es hatte typisches Weihnachtsessen für unsere Region, Sachsen, gegeben.
Für den Freund des lieben Federviehs gab es Ente mit Rotkraut und Klöße.
Das war ganz nach meinem Geschmack. Georg ist eher der Freund der Fische. Er hatte sich für Karpfen mit Meerrettichsoße entschieden.
Weihnachten ist wirklich ein Fressfest.
Nachdem wir am Nachmittag noch den Dresdner Stollen, den Glühwein a la Onkel Horst und später das Abendessen geschafft hatten, fuhren wir wieder nach Hause.
Wir verabredeten uns noch für den Geburtstag von Tante Gerda im Januar.
Auch Lukas und Alina waren an diesem ersten Weihnachtsfeiertag geschafft. Sie schliefen schon auf dem Rückweg im Auto ein.
Viele, neue Eindrücke, das Spielen und Toben hatten sie müde gemacht.
Den zweiten Weihnachtsfeiertag verbrachten wir zu

Hause, ganz für uns allein.
Die Ruhe tat uns allen richtig gut.
Unser Weihnachtsmenu bestand aus einer Buchstaben Tütensuppe. Wir fischten nach jedem Namen und zierten damit unseren Tellerrand.
Somit hatten wir ohne großen Aufwand Spaß beim Essen und es war lecker.

13

Was war ich wieder aufgeregt.
Unser erstes gemeinsames Silvesterfest wollten wir mit Georgs Nachbarn feiern.
Georgs Bekannte und Freunde erwarteten mich schon gespannt.
Wir hatten uns bisher nur manchmal auf dem Parkplatz vorm Haus gesehen und gegrüßt.
Heute sollten wir uns endlich richtig kennen lernen.
Der große Michael arbeitete im Autohaus Reich und war mir, wie seine Frau Annette, sofort sehr sympathisch.
Ihr Sohn Tommy war etwa 3 Jahre alt.
Ab und zu hatten unsere Kinder schon auf dem Spielplatz vorm Haus miteinander gespielt. Tommy war nur wenig jünger als Alina.
Die anderen Silvestergäste kannte ich noch nicht. Deshalb setzte ich mich gleich neben Annette.
Annette arbeitete bei einer Bank.
Sie hatte freche, mittelblonde Löckchen, eine kleine runde Brille und ein fröhliches Lachen.
Annette erzählte mir, dass Georg in seiner Junggesellenzeit oft bei den beiden zum Essen war. Außerdem hatten Georg, Annette und Michael in dieser Zeit häufig zu dritt Spielabende veranstaltet.
Annette und Michael hatten nicht bemerkt, dass ihr Freund, Arbeitskollege und Nachbar in den Sommernächten auf Abwegen war.

Darüber waren sie immer noch ein bisschen sauer. „Soviel Vertrauen hätte Georg doch haben können! Hat nichts erzählt, der Schlingel und jeden Morgen stand das Auto wieder treu und brav vorm Haus", zogen sie ihn gerne auf.
So war er eben, mein Georg. Wenn er nichts sagen wollte, dann war es eben so.
Da war er das absolute Gegenteil zu seiner Mutter. Gertraude Reich scheint sogar die Luft zum Reden, aus einer anderen Quelle als normale Menschen, zu beziehen.
Die Silvesterfeier nahm ihren Lauf und es machte echt Spaß, mit Georgs Freunden zusammen zu sein. Grölend rutschten wir ins neue Jahr.
Später nahmen wir uns dann noch ganz fest vor, viele Spielabende zu machen. Annette, Michael, Georg und ich waren uns einig. Diese Freundschaft wollten wir unbedingt ausbauen und pflegen.

14

Am Montag, nach den ganzen Feiertagen, fuhr ich mit den Kindern wieder nach Muldenstadt. Wir waren etwa 5 Kilometer von Felsennest entfernt, da gab der Trabi irgendwelche, für mich undefinierbare Geräusche ab.

Lukas freute sich über den Sound, der dem eines Rennwagens glich.

Alina machte der Lärm ängstlich. Etwa 30 km nach Felsennest, passierte es dann.

Mit einem Ruck löste sich der Auspuff und die ganze Karre knatterte erbarmungslos. Ich rettete uns in eine kleine Einfahrt.

Alina schrie vor Angst, Lukas fand das alles cool und geil.

Endlich konnte er mal wieder seine Lieblingskraftausdrücke benutzen.

Mir war alles andere als wohl zumute. Was mache ich denn jetzt?

Irgendwie musste ich Georg verständigen, er wird mir helfen.

In der Nähe standen ein paar vereinzelte Häuser. Hoffentlich gibt es dort ein Telefon, dachte ich mir.

Im Zeitalter der Handys wäre das ja alles kein Problem. Aber das war, jedenfalls für mich, 1992 noch nicht das Zeitalter eines eigenen Handys.

Die Kinder hatte ich beruhigt. Dann lief ich los und fand an der dritten Tür Hilfe.

Georg ließ sich beschreiben, wo wir feststecken. Ich faselte irgendetwas von „zwischen dort und dort, bei da und da" und hätte mich wahrscheinlich selbst nicht gefunden.
Dazu sollte ich erklären, dass auch ich dem absoluten Frauenleiden unterliege
„Orientierungssinn = Null"
Nun hieß es also warten. Wir vertrieben uns die Zeit mit „Ich sehe was, was du nicht siehst"
Dabei behielt ich die Straße genauestens im Blick.
Nach etwa einer halben Stunde sah ich etwas, was Georg nicht sah.
Er fuhr an uns vorbei.
Vor ihm fuhr gerade ein Lastzug und Georg hatte zum Überholen angesetzt.
So fuhr er genau hinter dem Lastwagen an uns vorbei.
Bingo.
Nun konnten wir nur noch hoffen, dass er vielleicht irgendwann mal wieder vorbei schauen würde.
Er suchte uns überall und wir... Wir warteten und warteten.
Nach einer Stunde war er auf dem Rückweg und entdeckte uns schließlich.
Endlich.
Er nahm die Kinder mit in sein Auto, hörte sich Lukas' spannende Reportage an und schleppte mich mit dem Trabi wieder nach Felsennest.
Da waren wir wieder!
Der Trabant 601 de luxe wurde als untauglich ausgemustert.
Vorbei war es mit meinem Luxus. Dachte ich.
Ein paar Tage später bekam ich meinen ersten kleinen VW.

15

Georg und ich hatten uns zu Weinachten eine Woche Urlaub nach Lanzerote geschenkt.
Meine Eltern waren bereit die Kinder zu hüten.
Nun konnte unser erster gemeinsamer Urlaub beginnen. Liebesurlaub!!!
Eine Woche, nur wir zwei. Fast wie damals, im September.
Nur noch viel, viel besser.
Keine Kinder, kein Putzen, kein Kochen. Was für ein Leben.
Nur vor einer Sache hatte ich Angst und Bange.
Ich war erst einmal mit einem Flugzeug geflogen und deshalb aufgeregt und ängstlich.
Damals, ich war achtzehn, flog ich nach Ungarn.
Das war aber kein normales Flugzeug, in das ich da eingestiegen war.
Man schickte mich mit irgend so einem kleinen Knatterding in Richtung Himmel.
Was war mir schlecht. Meine Gedanken kreisten ständig um den mir plötzlich so nah gewordenen Himmel herum. Ja, ich betete sogar aus tiefstem Herzen, dass ich doch bitte, bitte wieder heil auf der lieben Erde ankommen möge.
„Hilfe, ihr Engel, ich komme“! Ich sah es förmlich vor mir, wie ich von den hübschen in weißer als weiß gehüllten Goldlöckchen in Empfang genommen wurde.

Ach könnte ich doch auch so eigene Flügelchen besitzen, da würde ich hier nicht so jammern müssen. Das wünschte ich mir, während des ganzen Fluges.
Als der Pilot dann auch noch kurz vor der Landung etwas von „noch nicht landen können" faselte, verfiel ich in Panik. Er musste da erst mal noch irgendwelche Runden drehen?
Das war dann endgültig zu viel für mich.
Mein Körper wollte offensichtlich ohne Frühstück sterben. Hecktisch zottelte ich die für solche schwachen Körperchen erfundene Tüte aus dem Sitz meines Vordermannes.
Das war knapp. Igitt, wie dämlich. Und auweia, wie peinlich.
Als ich wieder einigermaßen normal denken konnte, hatte der Pilot längst zur Landung angesetzt.
Alle anderen Passagiere glotzen mich mit großen Augen an.
Alle.
Nicht das ich etwas gegen ungeteilte Aufmerksamkeit hätte, nein, nein, ganz im Gegenteil. Aber jetzt und hier war das wohl der unpassendste Moment, den ich mir dafür wünschte.
Das Flugzeug landete sicher in Budapest.
Mein Mageninhalt auch, nur eingetütet.
Ich durfte ohne Frühstück weiterleben. Mensch, Sonnenkind Blümchen. Schwein gehabt. Wahnsinn, ...und weiter geht's.
„Engelchen, Tschüß, bis später".
Erhobenen Hauptes stieg ich aus dem Flugzeug.

16

Unser Wecker klingelte sehr früh, Georg sprang aus dem Bett, schnappte sich die Videokamera und filmte auch schon munter drauf los.
Er wollte diesen Urlaub von Anfang bis Ende in dem Kasten festhalten.
Das wusste ich natürlich nicht.
Ich hatte mich unter meiner Decke verschanzt und versuchte ihm klar zu machen, dass ich eine international gesuchte Terroristin bin.
„Die Flughafenpolizei wird mich sowieso gleich weg fangen. Wetten“?
Rief ich unter meiner Decke hervor.
Er lachte sich darüber kaputt und schmiss mich aus den Federn.
Er konnte ja auch nicht wissen, was ich für ein dramatisches, unverarbeitetes Flugerlebnis in meinem aller, aller hintersten Hinterstübchen abgelegt hatte.
Jedenfalls verzichtete ich freiwillig auf ein Frühstück.
Kaum am Flughafen angekommen, überfiel mich wieder diese panische Unruhe.
Wie werde ich das bloß überstehen? Fragte ich mich.
Und was, wenn ich wieder so eine Tüte brauche? Gibt es diese Tüten in den tollen Flugzeugen von heute überhaupt noch?
Hoffentlich halte ich durch...
Wie das aussieht, wenn ich dort, in dem schönen, großen Flugzeug.....muss.

Alle Urlauber von dem Flug Leipzig- Lanzerote werden mich auslachen und weit über den Urlaub hinaus, diese Anekdote zum Besten geben.
Fast alle Leute, außer mir natürlich, fliegen heutzutage mehr, als dass sie mit dem Bus oder der Bahn fahren.
Ich muss mich unbedingt zusammen reißen, mir ja keine Blöße geben, sagte ich mir immer und immer wieder.
Ich kann ja noch nicht einmal vor lauter Scham im Boden versinken, wie auch, wenn ich, in wer weiß wie viel Tausend Metern Höhe schwebe?
Ich tippelte also völlig aufgeregt in diesem Flughafengebäude hin und her, bis wir dann nach Ewigkeiten, mit dem Bus, zum Flugzeug gebracht wurden.
Auf der Gangway drehte ich mich noch einmal in Richtung Leipzig, atmete die kalte Morgenluft ein und stieg dann lächelnd der hübschen Stewardess entgegen.
So, das war geschafft. Nun musste ich ja nur noch das bisschen starten, fliegen und landen überstehen.
Und…ich überstand das auch wirklich.
Wohlbehalten kamen wir an unserem Urlaubziel an.
Nun hatte auch ich festgestellt, dass Fliegen wunderbar ist und man gar keine Angst haben muss. Ich hatte kein Tütchen gebraucht, im Gegenteil:
Ich hatte sogar mit einem Bärenhunger das Essen in mich gestürzt, ein Sektchen geschlürft und bei der Landung ohne Würgereiz aus dem Fenster geguckt.
Lustig, wie aus dem kleinen Polly Pocket Land eine Ferieninsel wurde.
Als ich ins Freie trat, wehte ein angenehmer warmer Wind um meine Nasenspitze und ich fühlte mich wunderbar erleichtert und glücklich.

Es war Ende Januar und in Lanzerote war es warm. So warm, wie bei uns im Sommer.
Das war für mich eine ganz neue Erfahrung. So weit war ich noch nicht in der Welt herum gekommen.
Wärme und Winter, das kannte ich noch nicht.
Georg und ich wurden mit einem Bus zu einem schönen Vier Sterne Hotel gebracht. Dort ließen wir den lieben Gott einen guten Mann sein.
Am Abend, nach dem Wahnsinns Buffet machten wir einen Spaziergang, schauten nach Land, Strand und Wasser.
Gleich am nächsten Tag wollten wir baden gehen.
Allerdings hatte das Wasser nur 15° C.
„Aber wenn man schon mal da ist, muss man sich eben auch einmal ein wenig überwinden“ sagte Georg. “Das passt schon“.
Na der hatte gut reden. Er schickte nämlich mich zum baden.
Er muss ja schließlich filmen und fotografieren. Der Herr Wasserscheu.
Schickt mich in dieses Eiswasser, um ein paar „Nette Urlaubsfotos“ schießen zu können. Dabei stand er soweit vom Wasser entfernt, dass noch nicht einmal seine Zehen nass werden konnten.
Zuerst dachte ich mir...Wäre ja schön, wenn es von mir auch einmal ein paar richtig gute Fotos geben würde.
Also schritt ich mutig ins Wasser.
Plötzlich spürte ich überall Stiche, so, als hätte ich mich in Stecknadeln geschmissen.
Ich jappste nach Luft und bat ihn zähneklappernd sich zu beeilen.
Also eigentlich bat ich ihn nicht, sondern ich schrie ihn an.

„Mach hin, Mensch, oder ich erfriere".
Georg fotografierte etwa 10 Bilder.
Von vorn, von der Seite, von Hinten. Halb im Wasser, halb draußen, mit ausgebreiteten Armen und die Hände zum Himmel.
Nicht zu vergessen, dass ich bei jedem Knips auch noch lächeln musste.
Insgeheim hätte ich Georg am liebsten sonst wohin gewünscht.
Der muss doch nicht ganz dicht sein. Dem hätte es, ohne Zweifel, seine gesamte Männlichkeit unwiederbringlich nach innen gezogen.
Das wusste Georg natürlich ganz genau, deshalb stand er ja auch draußen. Angeblich kann er mit so einer Kamera auch viel besser umgehen, als ich.
Wie konnte ich nur so blöd sein. Selber schuld.
Dummheit ist schon von jeher bestraft wurden.
Was tut „Frauchen", wie ich, eben nicht alles, um ihrem „Männchen" zu imponieren?
...Bescheuert muss sie sein !
...wie ich !

Ansonsten war es ein sehr ruhiger und erholsamer Urlaub. Wir hatten uns ein Mietauto genommen und erkundeten damit die Feuerinsel Lanzerote.
Mit diesem Traumauto, einem grünen Seat, ohne jeglichen Komfort düsten wir 3 Tage über die Insel.
Wir nahmen an einem gemütlichen Abend mit einem Vulkan-Grill teil.
Wir ließen unsere Seelen baumeln und wir waren glücklich, über diese schöne Zeit, die wir miteinander verbringen durften.
Es war schöner und besser, als es in jedem Kitsch-Roman beschrieben sein kann.

Diese Woche ging dann auch viel zu schnell vorbei. Schade.
Als die Stewardess nach der Landung in Leipzig die Tür aufschob, schneite es.
Das passte überhaupt nicht zu unseren erhitzten Gefühlen.
Nun waren wir also wieder auf den Boden der Realität gelandet.
Gertraude und Gerhart Reich erwarteten uns in der Empfangshalle des Flughafens.
Verliebt, glücklich, sonnengebräunt liefen wir ihnen entgegen.
Das wäre ein prima Werbefilm für die TUI gewesen.
Als Willkommensgruß hatte uns Georgs Mutter Blumen, ein frisches Brot, ein Päckchen Persil für die Urlaubswäsche und Süßigkeiten in die Küche gestellt.
Das fand ich richtig lieb von ihr.
Als ich später unsere Urlaubsfotos abholte, sah ich, dass die Bilder vom Strand leider nicht so toll waren, wie ich es mir erhofft hatte.
Eins steht damit fest: "Beim nächsten Mal fotografiere ich"!

17

Im Urlaub hatten wir beschlossen, dass die Kinder und ich nach Felsennest umziehen.
Ich kündigte kurzerhand meine Wohnung in Muldenstadt, gab viele Möbel, Waschmaschine und Gardinen ans Sozialamt.
Meine beste Muldenstädter Freundin Birgit bekam meine zwei Sofas.
Den Rest brachten wir auf dem Dachboden bei der Klavier-Oma unter.
Fast heimlich verschwand ich aus der Stadt, in der ich etwa 5 Jahre gelebt hatte.
Der Abschied von Birgit war wirklich das Schmerzhafteste bei der ganzen Angelegenheit.
Sicherlich lag ab jetzt nur eine knappe Stunde Autofahrt zwischen uns.
Aber mal eben so fix, auf einen Kaffee, oder zum Italiener?
Das konnten wir mit Sicherheit abhaken.
Ein Jahr zuvor sah die Welt da noch ganz anders aus.
Birgit und ich hatten uns bei einer Info Veranstaltung, gleich nach der Wende, kennen gelernt.
Damals 1990 wurden Mitarbeiter für jede bekannte Versicherungsgesellschaft für den Osten gesucht. Wir hatten uns entschieden, wir wollten dabei sein.
Birgit und ich arbeiteten nun gemeinsam nebenberuflich für diese große Versicherung.
Wir wurden von Mitarbeitern einer Geschäftstelle aus

den alten Bundesländern angeleitet und betreut.
Nach kurzer Zeit, bot man uns an, das Ganze hauptberuflich in Angriff zu nehmen.
Den Abend, an dem wir mit „unseren Wessis" die Bewerbungen vorbereiteten, werden Birgit und ich wohl nie vergessen.
„Was haben wir denn für eine Gehaltvorstellung"? fragten uns die Herren.
Nun waren wir beide ja zwei richtige DDR Mädels.
Ich hatte Fachverkäuferin für Waren des täglichen Bedarfs, salopp Mädchen für alles in einer Konsum Kaufhalle gelernt.
Klar hatte ich auch schon als Verkaufsstellenleiterin in einer kleinen Betriebsverkaufsstelle gearbeitet. Vor der Kündigung, war ich noch ein paar Monate in der Konsumverwaltung tätig. Aber danach war ich eben arbeitslos, wie so viele andere Menschen nach der Wende auch.
Birgit hatte sich schon damals zur Meisterin in einer Strickerei hochgearbeitet.
Aber auch ihr Betrieb speckte ab und Birgit war dabei.
Meine neue Berufsbezeichnung ist Einzelhandelskauffrau.
Birgit vielleicht so etwas wie „Teamleiter industriell gefertigte Waren".
Klingt ja auch irre gut, irgendwie intelligenter, westdeutscher. Egal.
Was wir in der DDR verdienten lag jedenfalls zwischen Gut und Böse.
Zum Leben zu wenig und zum Sterben eben zu viel.
Unsere „Westlehrmeister" sprachen jetzt von Geld, wovon wir nicht einmal ahnten, dass man ganz allein so viel verdienen könnte.

Plötzlich sollten wir, für uns, so unreale Zahlen hinschreiben?
„Das können wir doch nicht machen“ und „Da nehmen die uns ja gleich recht nicht“ redeten wir wild drauf los.
Birgit und ich sträubten uns wie zwei Hexen, die zum Scheiterhaufen gezerrt wurden.
Dabei wollten uns die Mitarbeiter der Versicherung wirklich nur etwas Gutes tun. Sie versuchten uns zu erklären, dass jetzt eben andere Zeiten herrschten. Westzeiten.
Mühsam mussten wir einsehen, dass, wenn wir nicht viel verdienen wollen, laut schriftlicher Gehaltsvorstellungen, dass es dann so aussehen könnte, als wollten wir auch nicht so ganz fleißig sein. Was? Wie?
Gutes Geld, für gute Arbeit. Spitzen Geld, für spitzen Arbeit. Leistungsprinzip.
Wir waren zu DDR Zeiten auch nicht faul, nein, nein.
Jeden Tag waren wir auf Arbeit und machten das, was gemacht werden musste. Aber du konntest damals eben trotzdem nicht reicher als andere werden, auch nicht dann, wenn du dir die Hacken wund gelaufen hättest.
Da musstest du schon wo ganz anders arbeiten.
Mit Sicherheit aber nicht bei der Konsumgenossenschaft oder in einem Strickereibetrieb.

Birgit und ich waren Abend für Abend gemeinsam in Sachen Versicherungen unterwegs.
Der Bedarf an Versicherungen war damals unglaublich groß. Die Leute offen, für die vielen, neuen, interessanten Angebote.
Bei unseren Streifzügen erlebten wir wirklich die

tollsten Sachen.
Einmal, es hatte den ganzen Tag geregnet.
Birgit und ich fuhren mit ihrem Auto durch ein Dorf und suchten nach einer Adresse.
Am Ortsausgang sagte ich „Also hier sind wir völlig falsch"!
Genauso schnell, wie ich dann noch „Dreh um"! hinzufügte, tat es Birgit auch prompt. Mensch, nahm die mich heute wörtlich.
Sie riss das Lenkrad nach links um zu wenden.
Weit und breit war hier nichts anderes, außer einem im Bau befindlichen Häuschen, mit einer geplanten Einfahrt.
Man könnte auch Baustelle dazu sagen.
Nun ist es auch so üblich, erst das Haus und dann die Wege und Zufahrten zu bauen. Birgit hatte diese Zufahrt allerdings blitzschnell als befahrbar diagnostiziert.
Kann ja sein. Nach genügend Sonnenschein vielleicht.
Jetzt steckten wir doch tatsächlich in so einem, von Gott verlassenem Dorf, in einer geplanten Einfahrt, im fettesten Schlamm.
Das Auto hatte etwas gegen Schlamm. Es wollte nicht mehr vor und auch nicht mehr zurück. Sah ja auch wirklich ziemlich schlimm aus um uns herum.
Mir fiel die Kinnlade runter. Nach ein paar Sekunden trauten wir uns in die Augen zu schauen. Auch ihr Mund stand offen.
Plötzlich prusteten wir los, lachten und konnten uns lange nicht wieder beruhigen. Uns liefen schon die Tränen.
Es dauerte also eine ganze Weile, ehe wir wieder denken konnten.

Also los. Erster Gang. Gas. Vorwärts. Na ja, immerhin, so 5 cm!
Weiter. Rückwärtsgang. Na ja, bestimmt auch so 5 cm! Wahnsinn.
„Los, steig mal aus, schieb mal"! sagte Birgit selbstsicher.
Klar steigt Sonnja Blume mal eben aus und schiebt ein fest steckendes Auto.
Ich bin ja auch wirklich ein hilfsbereiter Mensch.
Igittigitt.
Nun stand ich doch tatsächlich, mit den gesamten Absätzen, meiner neusten und schönsten Pumps im Schlamm. So ein Scheibenkleister aber auch.
Meine Pumps saugten sich bei jedem Schritt abwechselnd fest.
Zum Herausziehen meiner verschlammten Schuhe brauchte ich alle Kraft.
Bei jedem Schritt flutschte diese Pampe mit einem ekeligen Geräusch um meine Füße.
Es dauerte mindestens 5 Minuten bis ich mich hinter das Auto gekämpft hatte.
Trotzdem. Jetzt konnte es los gehen. Zu aller Hilfe bereit, gab ich Birgit ein Zeichen und rief
„Gas".
Da Birgit ja super auf meine Anweisungen reagierte, gab sie Gas.
Ordentlich Gas.
Die Reifen taten, was sie konnten. Sie drehten klassisch durch.
Dabei schleuderten sie mir den Matsch ordentlich portioniert entgegen.
Schön. Wirklich. Echt super.
Ich schrie und ruderte verzweifelt mit den Armen.
Aber Birgit gab nicht so schnell auf. Sie probierte es

schon noch ein bisschen. Als auch sie endlich einsah, dass es keinen Zweck hatte, sah ich aus, als hätte ich die braune Beulenpest. Überall an mir klebten Matsch Pickel.
Mühsam wurschtelte ich mich wieder in Richtung Beifahrertür.
Flutsch, flutsch.
Endlich angekommen, riss ich die Tür auf.
„ Bist du bekloppt, oder was...hast du das denn nicht gesehen"? brüllte ich Birgit sofort an.
Sie sah langsam erstaunt an mir hoch...und wieder runter und sagte:
„Nee, aber so darfst du jetzt hier auf keinen Fall einsteigen".
Verständnislos schaute ich sie an. Ich hatte Mordgedanken.
Erst mal lehnte ich mich aber an die Beifahrertür und sog die frische Luft ein.
Einatmen. Ausatmen.
Das kann doch jetzt alles nicht wahr sein, dachte ich.
Bitte, wer weckt mich denn mal auf?
Birgit tat es , in dem sie sagte: „So, jetzt kannst du"
Sie hatte irgendwelche Papiere und eine Zeitung auf Beifahrersitz und Boden gelegt. Darauf durfte ich mich jetzt setzen und meine Füße abstellen.
Mühsam brachte ich ein „Danke" heraus.
Innerlich jammerte ich um meinen schönen Mantel und die neuesten und tollsten Pumps, die ich je besessen hatte.
Als ich endlich richtig im Auto saß, trafen sich unsere Blicke.
Plötzlich brachen wir wieder in schallendes Gelächter aus.
Mensch, sind wir dämlich. So was Blödes konnte auch

nur uns passieren.
Ich glaube darüber lachten wir am Meisten.
Nun hatten wir das praktische Beispiel für den Spruch „Typisch, Frau und Auto…" geliefert.
Einem Mann wäre das bestimmt nie passiert. Ein Mann war bei der Armee und ein Mann war in Sachen Auto gebildet. Aber wir doch nicht.
In der Fahrschule hatte uns auch keiner gesagt, was man zu tun oder zu lassen hat, wenn man mal ganz tief im Schlamm steckt.
Also. Hilf dir selbst, oder du bleibst hilflos.
Inzwischen hatte ein Auto auf der Strasse gehalten.
Er, natürlich ein Mann, hatte wohl unsere Situation erkannt.
Er versprach, Hilfe zu holen.
Nach ein paar Minuten kam aus Richtung Dorf ein Traktor angetuckert.
Drei hilfsbereite Männer wollten uns damit aus unserem Schlammnest ziehen.
Was so richtige Bauern sind, die hatten natürlich auch Gummistiefel an, klar, wegen Regen und Schlamm.
Jedenfalls hatten unsere Retter keine Probleme, mit feststeckenden Stöckelschuhen und eine paar Schlamm Klöpschen an ihrer Kleidung.
Seil gespannt, und los ging es.
Schon stand Birgits verschlampter Kleinwagen auf der Straße. Sogar in richtiger Fahrtrichtung.
Na bitte, geht doch.
Wir bedankten uns mehrmals und steckten ihnen 10,00 DM für die Dorfkneipe zu. Da haben sich die Bauern wenigstens monatelang wieder etwas zu erzählen.
Unsere Termine konnten Birgit und ich abhaken.
Ich wollte nur noch eine Dusche und frische Sachen.

Meine Freundin Birgit, ist übrigens verheiratet und hat zwei Töchter.
Ihr Mann ist so ein „ganz Lustiger" und heißt Lutz.
Birgit hat kurze, blonde Haare und große, blaue Augen. Sie ist 4 Jahre älter als ich. Ständig ärgerte sie sich über ein paar hartnäckige Pfunde.
„Die gehören mir eigentlich gar nicht" sagte sie oft..."ich muss die nur mit mir herum tragen".
Ich fand Birgit so, wie sie war, völlig in Ordnung. Sie war eben nur ein kleines bisschen mehr horizontal benachteiligt, als andere. Gerade das war es aber, was sie so liebenswert machte. Sie strahlte immer etwas Gemütliches aus.
Birgit konnte zuhören und wusste Rat. Ich konnte mich ausheulen und sie konnte trösten. Gemeinsam konnten wir lachen, bis zum Pippi.
Birgit ist für mich einfach irre wichtig. Birgit ist für mich die beste Freundin,
die ich jemals hatte.

18

Zu der Zeit, als Birgit und ich beruflich viel unterwegs waren, veränderte sich auch mein bisheriges Leben entscheidend.

Bisher hatte ich mich hauptsächlich um die Erziehung und von Lukas und Alina gekümmert. Sie gingen jeden Tag in die Kindergrippe und den Kindergarten.

Ich arbeitete tagsüber in der Konsumverwaltung.

Mein Mann Stefan arbeitete im 3-Schicht- System in einem Produktionsbetrieb.

Kurz nach der Wende musste er immer wieder in Kurzarbeit gehen, seinem Betrieb gingen die Aufträge aus. Stefan arbeitete am Fliessband.

Der Betrieb stellte Blattfedern, Stoßdämpfer für LKWs her.

Plötzlich brauchte keiner diese Stossdämpfer und diese Lastkraftwagen mehr.

Bald schon kam, auch für seinen Betrieb, das große Aus.

Vorher hatte sich Stefan keine Sonderschicht entgehen lassen. Er konnte ganz schön zupacken, war groß und stark. Es war eine körperlich sehr schwere Arbeit. Stefan machte diese Arbeit Spaß.

Das war allerdings nur die eine Seite der Medaille.

Die andere Seite war, das er nach Feierabend meistens Bier trinken ging.

Nicht nur eins oder zwei. Das waren schon immer ein paar mehr.

Okay, die Kumpels aus seiner Schicht gingen immer „ma noch een Bier trinken". Übersetzung : Einmal! Eins!
Stefan nahm das nicht so ganz wörtlich. Denn bei einem Bier blieb es nie.
Ich weiß nicht, wie oft ich Stefan gefragt habe, ob er sich da nicht ausklinken kann?
„Mann" vielleicht, aber nicht Stefan. Wäre ja auch zu blöd, wenn „Mann" den Kumpels sagen müsste „Ich muss nach Hause, meine Familie wartet auf mich".
Für solche Aussagen war Stefan nicht „Mann" genug.
Oft kam er erst Stunden später nach Hause, vor allem in seiner Frühschichtwoche.
Er kam dann etwa 19.00 Uhr, statt 15.00 Uhr.
Von seinem Stehvermögen war dann leider nichts mehr übrig geblieben.
So lange ich nachmittags und abends für Lukas und Alina da war, brauchte er sich auch keine Gedanken über die Betreuung zu machen.
Außerdem war ich froh, dass er so lange weg blieb. Die Kinder sollten nicht merken, dass er immer betrunken nach Hause kam.
Nur was dann immer öfter passierte, war leider sehr schlimm für uns alle.
Okay, seine Kindheit war nicht die Schönste.
Er war mit seinem Bruder bei einer ziemlich herrschsüchtigen Stiefmutter groß geworden. Sein Vater hatte die beiden Jungs nach der Scheidung bekommen und eine neue Frau mit 4 Kindern geheiratet.
Wenn man die ganze Geschichte hörte konnte er einem schon mächtig Leid tun. Trotzdem ist das alles kein Grund, so labil zu sein.
Ich hatte Stefan schon mit knapp 15 Jahren kennen gelernt. Er war mit Abstand der tollste und hübsches-

te Junge in der ganzen Disco. Ach was sage ich...
In der ganzen Stadt.
Meine damalige Freundin Sissi hatte mir schon erzählt, das sie den großen Bruder eines Kumpels kennen gelernt hat.
Ja und genau „DER“ sollte mein Typ sein.
Als Sissi und ich auf der Tanzfläche umher wirbelten, suchten meine Augen systematisch das Revier ab. Bei jedem ins Beuteschema passenden Jungen fragte ich sofort: „Sissi, guck mal der da, ist es der“?
Ihre Antwort war „Nein, nein, der nicht. „ER“ sieht noch viel besser aus“.
Also „ noch Besser“ konnte doch bald gar keiner mehr aussehen. Ich hatte doch wirklich schon die Hübschesten im Saal erspäht und genannt.
So langsam machte es mir keinen Spaß mehr, alle Jungs so an zu starren.
Wir tanzten und schnatterten, wie die wilden Hühner. Wir waren ausgelassen und fröhlich. Sissi drehte mich mit einem gekonnten Schwung unter ihrem Arm durch und plötzlich stand er vor mir. Groß, hellblond, blauäugig.
Wie durch Watte hörte ich Sissi sagen: „Das ist er“.
Aber das wusste ich in diesem Moment auch sofort.
Ich stand wie erstarrt vor ihm. Er lächelte mich an und sah mir dabei genau in die Augen.
Da war es um mich geschehen. Ich sah den schönsten Jungen der Welt.
Als ich aus meiner Starre erwachte, drehte ich mich zu Sissi um und sagte: „Sissi...den heirate ich !“
Und das mit 14 !!!! Na ja, fast 15.

19

Schon als ich Stefan kennen gelernt hatte, trank er gerne Bier.
Es ging schon damals darum, dazu zu gehören. Wer was verträgt, der „fetzt".
Bei Stefan kam es auch oft zu irgendwelchen Schlägereien, die nach dem Alkoholkonsum unbedingt erledigt werden mussten. Da ging es um die Ehre.
Es reichte ihm schon, wenn mich ein Typ nur einmal anlächelte.
Schon war Stefan zur Stelle und fragte den Typ, ob er ein bisschen Stress gebrauchen kann.
Ich fand das anfangs sogar richtig toll. Wie sich Stefan für mich einsetzte und mich behütete? Also wirklich, dass macht doch nicht jeder!
Sein Mädel so beschützen, oder? Der liebte mich ja wahnsinnig!
Damals konnte ich die Tragweite der Geschehnisse auch noch nicht begreifen. Ich hatte eben den „Schönsten und Stärksten von allen" und das war mit 15 das Wichtigste, was es überhaupt auf der Welt gab.
Als Stefan 2 Jahre später, mit 19 zur Armee kam, hatte sich das Trink- und Schlägerproblem einigermaßen erledigt. Stefan hatte sich für drei Jahre zur Armee verpflichtet.
Dort herrschten andere Gepflogenheiten. Seine überschüssigen Kräfte konnte er bei dem reichlichem sportlichem Angebot auslassen.

Diese Armeezeit hat mich dann davon überzeugt, dass er auch genügend gute Seiten hat. Mit „geregelter und ordentlicher Führung" klappte bei ihm alles ganz gut.

Stefan und ich heirateten, als ich 18 war. Mit 21 bekam ich unseren Sohn Lukas.

An diese Zeit erinnere ich mich sehr gern.

Wir führten ein Leben, wie es andere junge Leute auch taten.

Wir hatten eine schöne Wohnung mit Balkon im Plattenbau.

Nach der Armeezeit fing Stefan wieder in seinem alten Betrieb zu arbeiten an.

Und er fing wieder an zu trinken.

Zeitweise trank er etwas mehr, manchmal etwas weniger. Das hing immer von unserer Haushaltskasse ab.

2 Jahre nach Lukas kam Alina zur Welt. Da hing unser Haussegen schon längst ganz schief bis falsch herum.

Ich muss zugeben, dass ich damals sehr egoistisch dachte, weil ich unbedingt noch ein zweites Kind haben wollte.

Ich dachte, mit einem Baby kann man die Beziehung vielleicht doch noch irgendwie retten.

Aber ich wurde dann eines Besseren belehrt.

Ich war über die beiden Wunschkinder Lukas und Alina sehr glücklich.

Ich dachte mir, da kann doch jetzt gar nichts mehr schief gehen

Wir hatten einen hübschen Sohn und eine hübsche Tochter.

Beide ganz gesund und aufgeweckt.

Nach außen zeigten wir das perfekte Bild einer ganz normalen Familie.

Aber innen war dieses Bild leider völlig rissig.

Stefan war nicht bereit, sich seinem Problem Alkohol zu stellen.
Er riss uns alle damit immer tiefer in den Abgrund.
Stefan hasste mich, er hasste die Kinder, er hasste alles um sich herum.
Nur vergaß Stefan, sich selbst zu hassen.
Er fand alles, was er tat, völlig in Ordnung.
Stefan war davon überzeugt, dass er keinen Fehler machte.
„Was ist schon dabei, wenn ich nun mal immer Bier trinke? Das machen andere auch".
„Ja es ist dabei, dass es eine Menge Geld kostet, und das du dauernd besoffen nach Hause getorkelt kommst.... und was Andere machen, will ich nicht wissen".
War meine Antwort.
„Halt die Fresse, sonst hau ich dir eine rein". War seine Antwort.
Auf diesem, und schlechterem Niveau bewegten sich unsere Gespräche....und es dauerte nicht lange, bis er auch seine Drohungen wahr machte.
Er schlug zu.
Lange, viel zu lange suchte ich die Schuld dafür bei mir.
Was hatte ich nur falsch gemacht? Warum war er so schlecht zu mir?
Die ganze Situation verschlimmerte sich immer mehr.
Wenn er doch dann wenigstens ins Bett gefallen wäre, nachdem er nach Hause getorkelt kam!
Aber meistens kam er nicht mal mehr bis zum Bett.
Er kam zum Flur rein und ließ sich fallen. So blieb er dort stundenlang liegen. Vorsichtig musste ich mit den Kindern über ihn steigen, wenn ich sie zu Bett bringen wollte.

Das er nur ja nicht aufwacht! Das war meine größte Angst. Solange er da lag, konnte mir und den Kindern auch nichts passieren.
Aber irgendwann kam er dann zu sich. Dann passierte es meistens.
Nachdem sein erster Rausch verflogen war, fluchte, schrie und tobte er.
Dann wurde er aufdringlich und handgreiflich.
Er schlug zu. Einfach so. Er fand immer einen Grund.
Er drohte, mich und die Kinder umzubringen und er demolierte die Wohnungseinrichtung.
Wenn die Kinder davon wach worden, schrieen sie vor Angst.
Auch ich hatte Angst. Angst um meine Kinder und Angst um mich.
Irgendwann hockte ich dann in einer Ecke, hielt die Arme überm Kopf verschränkt und betete, dass er endlich von mir ablassen sollte.
Wiederum sollte er seine Wut lieber an mir, statt an unseren Kindern auslassen. Noch heute danke ich meinen Schutzengeln dafür, dass dies nicht passiert ist.
Wenn ich dann geschlagen und gedemütigt in meiner Ecke hockte, kam ich mir vor, wie der zusammen gefegte Dreck auf einer Kehrschaufel.
Dafür hasste ich ihn.
Ich hasste ihn so sehr, dass mir noch heute die passenden Worte fehlen.
Ich wusste auch nicht mehr, warum ich ihn je geliebt hatte.
Ich wusste gar nichts mehr. Ich wollte einfach nur, dass es aufhört.
Aber ich wusste nicht, wie?

Ich wusste nicht, was ich dafür tun musste.
...und doch hätte ich gerne alles getan.
Stefan brachte es fertig, uns einzuschließen, wenn er auf Sauftour ging.
Warum?
Ahnte er, dass ich am liebsten mit den Kindern abgehauen wäre?
Wenn er wieder da war, drohte er mir immer, immer wieder.
Er brachte es fertig mit einem scharfen Küchenmesser zu mir ins Bett zu steigen, es mir an den Hals zu halten, mit den Worten:" Mach die Beine breit, sonst steche ich dich ab".
Warum?
Oder er drohte damit „Steche doch zu, wenn du nicht mit mir ins Bett willst".
Warum?
Sollte das etwa die Lösung des Problems sein?
Er gab mir damit immer wieder Schuldgefühle und nahm mir mein gesamtes Selbstbewusstsein.
Ich fühlte mich schuldig.
Schuldig, dass ich für ihn nicht so sein konnte, wie er es sich wünschte.
Schuldig, dass ich so versagt hatte.
Schuldig, dass ich ihm nicht helfen konnte.
Schuldig. Schuldig. Schuldig.
Ich war an allem schuld...
Lange. Sehr lange. Zu lange hatte ich solche Gedanken.
Diese Gedanken haben mich lange begleitet, gelähmt und verhindert, weiter zu denken.
Bis heute, kann ich nachgestellte Szenen über Gewalt in der Ehe nicht sehen.
Jedoch die Realität ist noch viel härter und schlim-

mer. Wer so etwas erleben musste, weiß ganz genau, wovon ich spreche.
Jeder, der das nicht erleben muss, kann alles nur ahnen.
Niemandem auf der Welt wünsche ich solche Erniedrigungen und Schmerzen.
Ich weiß, dass es vielen anderen Frauen auch so geht. Auch sie haben panische Angst sich von so einem Tyrann zu trennen.
Nur...
Solange sie noch Gründe finden, zu sagen, dass eine Trennung nicht möglich ist, geht es diesen Frauen leider eben immer noch nicht schlecht genug.
Diese Erfahrung habe ich gemacht und kann sie so auch weiter geben.
Auch ich habe meine Entscheidung vor mir her geschoben.
Lange. Sehr lange.
Was soll ich nur tun? Was kann ich überhaupt tun?
Am allerliebsten wäre ich wirklich weg gerannt. Aber wohin?
Ich dachte sogar darüber nach, ob ich mich auf seine Stufe begeben und mittrinken soll. Würde ich mich dann vielleicht wieder mit ihm verstehen?
Macht mich der Alkohol auch so taub und dumm?
Alle meine Gedanken drehten sich im Kreis. Immer wieder.
Was soll aus meinen beiden unschuldigen Blümchen Helden werden?
Diese Frage beschäftigte mich am Meisten.
Sie können doch nichts dafür, wenn wir Erwachsenen so doof sind.
Sie sollen doch ein schönes Leben vor sich haben.
Dafür habe ich sie doch zur Welt gebracht.

Erst an dem Tag, an dem ich erkannt habe, dass es mir nicht mehr schlechter gehen kann, konnte ich handeln.
Erst, als der Boden unter mir, keinen Millimeter mehr nachgab, war ich auch wirklich unten angekommen.
Vielleicht war es der Tag, an dem ich mit einem Röhrchen Schlaftabletten in der Küche stand. Vielleicht war es der Tag, an dem ich mich fragte:
Was mache ich hier?
Wer bin ich?
Und plötzlich konnte ich anders denken.
Irgendwoher fand ich die Kraft, klar zu denken.
Ein Ziel. Die Antwort auf alle meine Fragen war: Das Ziel.
Ich musste jetzt mein Ziel definieren. Ich muss auf dieses Ziel zu laufen.
Ich darf mich durch nichts aufhalten lassen. Und ich darf niemandem meine Angst zeigen. Denn das würde mich nur schwächen und ich wäre wieder angreifbar.
Keiner konnte mir bei diesem Schritt helfen, ich musste es ganz allein tun.
Ich bin 1,68 m groß. Damals wog ich noch 52 kg.
Sicherlich, für manche ein Traum. Für mich war es ein Alptraum.
Wenn Stefan mal wieder bereute und heulend beteuerte: „Es kommt nicht wieder vor“. Glaubte ich ihm bestimmt hundert mal.
Wenn Stefan “klar“ im Kopf war, konnte er auch ein guter Vater und fleißiger Ehemann sein. Aber das war immer seltner der Fall.
Es muss also so das Hundert- und- einte Mal gewesen sein, als ich ihm nicht mehr glauben wollte.
Vielleicht war es dieser Tag.

Ich suchte nach dem Weg ins familiäre Aus. Das war das Ziel.
Gab es den Weg für mich und meine Kinder?
...meldeten sich da auch schon wieder die Zweifel.
Sicherlich nagten überall diese Zweifel an mir. Ich schwankte ständig zwischen dem *JA*, jetzt tue ich etwas, und dem *NEIN*, weil ich nicht wusste, wie.
Ich hatte diesen Job bei der Versicherung. Wie sollte ich mich darauf konzentrieren? Ich musste in der Zeit beruflich unglaublich viel lernen.
Die Ausbildung zur Versicherungskauffrau hatte begonnen.
Mit so einem privatem Chaos?
Manchmal brachte ich die Kinder zu meinen Eltern.
Manchmal redete ich Stefan lange ins Gewissen, um ihm die Kinder anvertrauen zu können
Keine Ahnung, wie ich es immer schaffte. Das grenzte schon an Höchstleistungen, die ich da vollbrachte.
Aber ich war mir jetzt sicher. Es wird sich etwas ändern.
Ich konnte mit so einem Problem auch nicht durch die Stadt spazieren und um Rat fragen.
So nach dem Motto „ich habe da eine Freundin, und stellen Sie sich mal vor, die hat folgendes Problem" blablasülz „was würden Sie ihr raten"?
Fast die gesamte Nachbarschaft wusste sowieso Bescheid und schwieg betreten.
Eine wirklich liebe Rentnerin aus unserem Haus machte die Augen nicht zu.
Im Gegenteil, sie machte sogar den Mund auf und sprach mich direkt an.
Sie sagte mir, dass die Kinder oft noch spät abends draußen rum laufen und nicht rein können.

Ihr Vater lag nämlich mal wieder volltrunken auf dem Balkon.
Darüber war ich erschüttert. Das hatte ich nicht gewusst.
Vielleicht war das der Tag, der das Fass zum überlaufen brachte.
Schon oft war Jana, die Tochter meiner Freundin eingesprungen und hatte die Kleinen während meiner Abwesendheit versorgt und ins Bett gesteckt.
Ich wagte nicht mir vorzustellen, wenn Stefan ihr noch etwas angetan hätte.
Jetzt war endgültig Schluss damit.
Ich war am Ende meiner Kräfte. Ich zitterte schon am ganzen Körper, wenn ich nur den Gedanken an Stefan hatte.
Was würde mich heute wieder erwarten? Seine Hiebe? Seine Triebe? Oder zur Abwechslung mal wieder ein reuevoller Ehemann,... also seine Liebe?
Egal.
Es war mir egal.
Es ist Schluss.
Ich habe keine Angst mehr vor diesem ach so starken angsteinflößenden Ungeheuer. Ich werde es besiegen.
Ich kann doch was! Ich bin doch wer!
Ich bin Sonnja Blume-Held.

20

Und immer, wenn du denkst, es geht nicht mehr...
Kommt von irgendwo ein Lichtlein her

Diesen Spruch hatte meine Oma, in feiner alter Schrift und sauber gerahmt in ihrem Stübchen hängen. Dieser Spruch hatte mich durch meine Kindheit begleitet und fasziniert.
Damals hatte ich den Sinn sicherlich noch nicht ganz erfasst, jetzt war es das Einzige, woran ich mich klammerte.
So alt dieser Spruch auch sein mag, er stimmt.
Es gibt immer einen Weg.
Durch einen Zufall bekam Stefan wieder Arbeit.
Er sollte auf Montage gehen und nur noch an den Wochenenden nach Hause kommen.
„Jetzt wird alles wieder besser" und „ich komme nur noch an den Wochenenden, da wird's schon wieder werden, mit uns"
So hatte er sich das jetzt gedacht. Aber so funktionierte das jetzt nicht mehr. Jedenfalls nicht mit mir.
Es war meine Chance und ich nutzte sie.
Als ich seine Tasche gepackt hatte und er abfahren wollte, nahm ich meinen ganzen Mut zusammen und sagte ihm:" Du brauchst nicht wieder zu kommen, nicht an den Wochenenden, nicht an Geburtstagen, nicht Ostern und nicht Weihnachten, du brauchst nie wieder zu kommen, nie mehr. Es ist aus".

Diese Worte nahm er nicht so ernst und kommentierte sie mit einem laschen „ja, ja, lass uns erstmal sehn, wie's wird".
An 4 Sonntagen kam er mit einem riesigen Blumenstrauß angewackelt.
Er wollte, dass alles wieder so wird wie früher.
Und er trinkt nichts mehr usw., usw.
Ich wollte und konnte ihm nicht mehr glauben, ihm nicht mehr vertrauen, ihn nicht mehr lieben.
Unsere Zeit war vorbei.
Ich kündigte meinen Job und kümmerte mich um meine beiden Blümchen.
Lukas , Alina und ich genossen diese, unsere Zeit, diese, unsere Ruhe.
Ich hatte es geschafft. Ich war frei.
Es war Frühling. Ein ganz besonders herrlicher milder Frühling.
Ich konnte wieder die Vögel zwitschern hören. Ich roch die frische Erde.
Ich sah überall das Grün und ich fühlte mich wunderbar leicht, strahlend und vom Glück gestreichelt.

Das Thema „Männer" war für mich erledigt. Einer doof, alle doof.
Wie müsste der Mann überhaupt sein, dem ich jemals vertrauen könnte?
Wenn ich überhaupt mal wieder einen Mann will, dann steht fest:

1. Der Schönste muss er nicht sein, denn aus einer schönen Schüssel kann
man nur solange essen, bis sie leer ist.
2. Der Stärkste soll er nicht sein, denn die wissen nicht wohin mit ihren Kräften

3. Alkohol sollte er nur so wenig vertragen, dass er sich nach dessen Konsum lieber mit der Kloschüssel beschäftigen muss, als mit mir...

.....und außerdem,...das kann von mir aus, ruhig dauern...

21

Doch jetzt war plötzlich alles anders.
Jetzt steckte ich im Umzugsstress.
Gertraude Reich war Leiterin des größten Stadtkindergartens von Felsennest.
Georgs Wohnung lag am andren Ende der Stadt. Bei der Suche nach zwei geeigneten Kindergartenplätzen, in unserer Nähe half sie mir.
Ich hatte allerhand zu tun mit dem ganzen An- und Ummelden.
Da kam mir ihre Hilfe sehr entgegen.
An einem Nachmittag hatte sie mich zum Kaffee eingeladen, um alles zu besprechen.
Wir redeten über den Umzug und sie wollte wissen, wie ich mir denn die Zukunft mit ihrem Sohn Georg so vorstelle.
Frau Reich wollte überhaupt immer alles ganz genau wissen.
Jedoch hatte ich mir darüber keine so großen Gedanken gemacht.
Klar, Georg und ich gehörten zusammen, daran konnte keiner mehr rütteln.
Wir wohnten jetzt zusammen, das war auch okay. Wir liebten uns wie verrückt.
Alles Andere wird sich schon finden. Was sollte ich mir jetzt vorstellen?
„Zuerst müssen wir uns ein bisschen in unserer neuen Umgebung zurecht finden und einleben“ sagte

ich ihr. „ Vielleicht kann ich hier auch Arbeit finden, oder erst einmal eine Fortbildung machen".

Nach diesem Gesprächs musste ich Gertraude Reich versprechen, dass ich immer für meine beiden mitgebrachten Kinder sorgen werde.

Darüber wunderte ich mich. Wie meinte sie das jetzt? Na klar, sorge ich für meinen Lukas und meine Alina, das hatte ich doch bisher auch getan.

Was sollte sich jetzt daran ändern?

Über was machte sich Frau Reich nur immer Gedanken?

War das nicht die Angelegenheit von Georg und mir?

Egal. Ich hatte den Kopf mit wirklich wichtigeren Sachen voll.

Ende Februar war der Umzug komplett erledigt.

Im März waren wir zum Geburtstag von Gertraude Reich eingeladen.

In dieser Wohnung war wirklich alles perfekt. Es herrschte eine Ordnung und Sauberkeit, die nicht zu übertreffen war.

Man bekam schon ein ungutes Gefühl, wenn man beim Hinsetzen auf die Couch ein Kissen erwischte und zerknietschte.

Ganz zu schweigen von den Franzen an dem Teppich, die man beim Laufen achtlos zerwuselt hatte.

Für diesen Fall, lag übrigens in einer Schublade ein extra breitzickiger Kamm bereit. Das erzählte mir Georg später.

Als Kind musste er für seine Mutter oft diese Teppichfransen kämmen, und hatte deshalb eine regelrechte „Teppich mit Fransen- Phobie" entwickelt.

Ich hatte dafür Verständnis.

Man konnte richtig froh sein, dass man vor dem Betreten dieser Wohnung nicht erst über eine Säurchenmatte geführt wurde.
Putzen ist das Hobby von Georgs Mutter.
Gertraude Reich ist eine sehr dominante Frau.
Wenn diese Frau sich etwas in den Kopf gesetzt hatte, setzte sie es auch durch.
Außerdem verfügte sie über ein absolutes Organisationstalent.
Sie kannte eine Menge Leute in der Kleinstadt Felsennest und fast jeder kannte Gertraude Reich.
Das aller, allerwichtigste für Frau Reich jedoch ist, dass sie über alles, was sich in Felsennest erzählt wurde, Bescheid wusste. Buschfunkwissen war ihr ständiger Begleiter.
Klatsch und Tratsch entpuppten sich also als ihr zweites Steckenpferd.
Sie besaß keine Scheu auf Menschen zuzugehen, um auch wirklich das Neuste zu erfahren. Mit dem Satz „Ich kriege das schon raus", war sie verschwunden. Es dauerte nicht lange, und schon konnte sie die brandheißesten Meldungen kundtun.
Sie sollte sich im nächsten Leben gleich für eine Reporterstelle bei der BILD Zeitung bewerben. Dort würde sie, mit größter Wahrscheinlichkeit, Karriere machen.
Natürlich konnte sie dieses Engagement auch zeitweise geschickt einsetzen und daraus Vorteile ziehen.
Ich hatte so etwas bisher nicht gekannt, und musste mich erst einmal langsam reinhören.
Ich kannte weder die Leute, über die Frau Reich sprach, noch diese Art, wie sie über sie sprach.
Erst wurde jemand über den grünen Klee gelobt, und am nächsten Tag gleich mal wieder durch den Kakao

gezogen.
Hilfe, war das anstrengend. Warum muss man denn seine Energien so verschwenden?
Andererseits war sie dann auch ein sehr hilfsbereiter Mensch.
Wenn es irgendwo klemmte, organisierte sie eine Lösung herbei.
Im „Großen und Ganzen“ verstand ich mich mit Gertraude Reich recht gut.
Im“ Kleinen und Kaputten“ hatte ich so meine Bedenken.
Sie wollte eben immer über alles gut informiert sein und es machte mir vorerst nichts aus, ihr diese Gewissheit zu geben.
Als wir an dem Geburtstagsabend mit Sekt angestoßen hatten, boten mir Gerhart und Gertraude Reich das „du“ an.
Somit war ich offiziell in den Familien-Clan der Reichs aufgenommen und gleichzeitig zu Fast-Schwiegereltern gekommen.
Die Kinder durften von nun an auch Oma und Opa zu ihnen sagen.
Das fiel ihnen nicht schwer.

22

An einem gemütlichen Abend blätterten Georg und ich in einem Katalog.
Georg wollte für mich ein paar Sachen aussuchen und ich suchte nach einer geeigneten Möglichkeit für unser Bettenproblem.
Diese Klappsofa- Situation störte mich.
Jeder wurde fündig.
Georg zeigte mir, Shirts und Hosen, die ihm an mir gefallen würden.
Ich fand ganz andere Sachen toll, diese wurden aber von ihm gleich abgelehnt.
"Das hat doch da vorn lauter Knöpfe und das kann ich überhaupt nicht leiden" sagte er.
Aha. Da hatte ich aber mächtig viel Glück, dass ich mit dem rosa Teil vom ersten Abend trotzdem bei ihm gelandet war...
Ich fand jedenfalls ein sehr schönes und stabiles Doppelstockbett mit Schreibtisch. Wir krochen mit Zollstock, Papier und Stift durchs Schlafzimmer und nahmen Maß.
Endlich hatten wir die beste Lösung gefunden und konnten das Bett bestellen.
Es dauerte auch nicht lange, bis wir es aufstellen konnten.
Lukas, Alina und wir freuten uns riesig darüber.
Das musste gefeiert werden. Zu solchen besonderen Anlässen gab es immer Pommes mit Ketchup und

Chicken.
Noch heute ist dieses Essen für meine Kinder etwas, was man eben nicht „einfach so“ isst, sondern nur dann, wenn etwas „Außergewöhnliches“ los ist.
Daran bin ich wohl schuld. Aber egal, dass ist ja nichts schlimmes.
Mit Kindersekt in Pappbechern und Chips hockten wir vier in der tollen, zweistöckige Erlebniskoje und begossen unsere Errungenschaft.
Nun musste noch festgelegt werden, wer oben und wer unten schlafen soll.
So ein schwerwiegendes Problem konnte natürlich nicht ohne Streit und Tränen gelöst werden. Lukas und Alina stritten sich immer wieder darum.
Nach zwei Tagen Theater, musste die Mutti-Diplomatie eingeschaltet werden.
Der Platz in Sternchennähe war also der erstrebenswerteste und begehrteste Platz des Universums.
Montags –Lukas, Dienstags - Alina, usw., dass war zu langweilig.
Immer der, der an diesem Tag eine „gute Tat“ vollbringt- da will jeder jeden übertreffen, und alle haben es gut gemeint: Ärger vorprogrammiert.
Wer pünktlich nach dem Sandmännchen mit Schlafanzug und geputzten Zähnchen bettfertig ist- da fliegen im Bad die Fetzen. Das geht gleich gar nicht.
Also, wie wird es geregelt?
Ich beschloss, dass sie ihr Glück selbst in die Hand nehmen sollten.
Zumindest sollte es für die beiden Zwerge so aussehen. Somit konnte nie der eine Schuld am Pech des anderen haben. Ich griff dabei allerdings ein bisschen zur Trickkiste, was die beiden natürlich bis heute nicht erfahren haben.

Ich machte vier Lose. Zwei mit blauen Kreuzchen für Lukas, zwei mit roten Kreuzchen für Alina. Sie glaubten, dass in der kleinen Schale immer ein Los mit blauem und ein Los mit rotem Kreuzchen drin sind. Ich hatte aber eine „blaue Schale" und eine „rote Schale".
Je nachdem, wer es meiner Meinung nach, an dem jeweiligen Tag verdient hatte, „Sternengucker" zu sein, durfte als erstes ziehen.
Es war das blaue oder das rote Schälchen. Der Fall war gelöst.
Immer entschied das erste Los.
Ach, war das immer spannend für die beiden. Hatte also Lukas schon 2 Tage immer wieder irgendetwas verzapft und musste auch noch unten schlafen, konnte ich ihm immer gut zureden: "Wenn du dies und das morgen anders machst und schön lieb bist, klappt das bestimmt auch morgen mit dem Los wieder besser".
Er war lieb, zog blau und die Welt stimmte wieder. Somit waren wir allem Ärger aus dem Weg gegangen.
Ich brauchte diese Wunderschälchen höchstens 2 Wochen.
Dann konnten sich die beiden selbst, ohne Streit einigen.
Übrigens... Als wir in der ersten Doppelstock-Bett-Nacht in unser Bett gingen, sahen wir, dass ein glücklicher Lukas und eine glückliche Alina friedlich zusammen in Sternchennähe schlummerten.
Wir konnten nun auch wieder im Schlafzimmer einziehen.
Allerdings quietschten Georgs alte Betten ganz fürchterlich.

An einem Vormittag baute ich diese kurzerhand auseinander und schleppte die Rahmenteile auf den Dachboden. Die Matratzen legte ich im Schlafzimmer auf den Boden, somit hatte ich zusätzlich eine herrliche Spiel- und Liegewiese geschaffen.
Abends präsentierte ich Georg mein Tageswerk. Er fand es genau so toll, wie die Kinder und ich.

23

Es war wieder Frühling. Ich saß auf der Bank am Spielplatz und hing meinen Gedanken nach.
Überall drängelte sich das Grün ans Licht. So viel hatte sich in dem einen Jahr für mich verändert.
Nur die Natur arbeitete im gleichen Rhythmus. Aber wir Menschen machen uns immer wieder zu neuen Wegen auf.
Wir erkunden die Welt, finden neue Strassen, auf denen wir wandern. Niemals ist für uns ein Jahr genau so, wie die anderen zuvor. Und wenn uns die Strasse nicht mehr gefällt, verlassen wir sie und suchen nach neuen Wegen.
In der Natur ist es anders. Sie dreht an einem großen Rad, das sich gleichmäßig vor uns her rollt. Kein Sturm und kein Wasser bringt es aus dem Gleichgewicht. Es rollt immer in gleichmäßiger Routine und es lässt sich von nichts dabei stören.
Frühling, Sommer, Herbst und Winter. Immer schön nacheinander in der richtigen Reihenfolge.
Ausnahmen bestätigen nur ab und zu mal die Regel.
Es tut so gut zu wissen, dass das so ist.
Wir Menschen selbst sind es, die immer wieder alles anders haben wollen, die nie richtig Ruhe geben, die suchen und finden und wieder suchen.
Was hat nicht ein dicker, alter Baum auf einem Marktplatz schon alles gesehen.
Es gab Stände, wo um Waren gehandelt wurde. Der

Markt war der Schauplatz für öffentliche Hinrichtungen. Es gab Vorführungen von umherziehenden Zauberern ,Artisten und Schaustellern.
Aus Lehmhütten entstanden irgendwann richtige Häuser. Plötzlich gab es nicht mehr nur Kutschen und Fahrräder, sondern auch Autos und knatternde Mopeds.
Das alles hat der Baum gesehen. Das alles hat ihn nicht dazu bewegt anders sein zu wollen. Im Frühling Knospen, im Sommer grüne Blätter, im Herbst bunte Blätter und im Winter wieder kahl. Und dann. Es geht jedes Jahr von vorn wieder los. Immer das Gleiche.
Er ist sicher gewachsen und stark geworden.
Doch er ist nach wie vor, der gute, alte Baum auf dem Marktplatz.

Im April begann ich einen Lehrgang in Buchführung. Für 9 Monate sollte ich nun die Schulbank drücken. Ich freute mich darauf.
Warum nicht ein bisschen Aktiva und Passiva? Schauen, wie eine Bilanz aufgestellt wird.
Jetzt verging die Zeit wie im Flug.
Lukas und Alina gefiel es im Felsennester Kindergarten sehr gut.
Wenn ich sie nachmittags abholte, fuhren wir oft ins Autohaus.
Dort konnten sie mit Spielautos fahren und ich lernte eine Menge Kunden kennen.
Es war schon witzig, wenn die Kunden zum Georg sagten, dass ihm die Kinder wie aus dem Gesicht geschnitten seien.
Lukas und Alina sagten auch längst „Vati“ zum Georg und das kam so.

Wir waren im Herbst bei MC Donalds und saßen bei herrlichem Wetter auf der Freifläche.
Alina und Lukas hatten ihre Juniortüte aufgefetzt, da gab's ein unbekanntes Spielzeug und lecker Essen, was Mutti niemals kochen, backen oder sonst wie zaubern konnte.
Es will ja immer niemand zugeben, dass ein Besuch bei MC Donalds Spaß macht, aber es ist so. Es ist für Eltern sogar kurzzeitig richtig erholsam.
Zufriedene spielende Kinder, was will man mehr?
Fast das gleiche Prinzip wie beim Überraschungs-Ei.
Oder das gleiche Prinzip? Ist ja auch egal, jedenfalls funktioniert es, gerade weil es so einfach ist.
Und übrigens: Es verlassen auch eine Menge „groß gewordene Kinder" eine MC Donalds Filiale.
Wie das mit dem Spielen, auf der Freifläche, bei den Erwachsenen ist, weiß ich nicht so ganz genau. Wer zu oft hin geht, kann sowieso nicht mehr auf der Rutsche spielen.
Der würde nämlich nicht mehr durch die bunte Rutsche passen.
Alina und Lukas ließen sich von Mister Ronald MC Donald manipulieren und spielten nach dem Essen heftig auf besagter bunter Rutsche.
Hoch , runter hin, her.
Sie passten übrigens ganz super überall durch.
Sicherlich haben sich die Konstrukteure der MC Donalds Rutsche über den Durchmesser und die Kurvenanzahl viele Gedanken gemacht.
Vielleicht sollten die Röhren zuerst auch viel schmaler sein.
Dann hat Mister Ronald MC Donald gesagt: "Die machen wir aber schön dick, die Röhren". Zog dabei an seiner fetten Zigarre und grinste seine Konstruk-

teure verschwörerisch an.
Ist ja auch logisch. Erst einmal sollen die Kinder viele Hamburger, Pommes, Eis und wer weiß was noch, in sich rein stopfen. Dann auch gerne spielen.
Solange sie dann noch durch die tolle Rutsche passen, ist alles gut.
Weil die Kinder sich aber merken, wie schön es bei MC Donald war, wollen sie immer wieder hin. Kommen sie zu oft, würden sie durch eine kleine Rutsche schlecht passen. Wenn die Kinder nicht mehr durch passen, ist das aber schlecht für die zukünftigen Einnahmen des Mister MC Donald.
Also, dicke Röhren heißt, lange Einnahmen.
Allerdings kann es sein, dass die „Nichtmehrdurchpasser“ dem Mister Ronald MC Donald sowieso schon die halbe Ladeneinrichtung bezahlt haben.
Dann ist der dicke amerikanische Geschäftsmann ja auch zufrieden.
Jedenfalls gehen auch wir gerne auf einen Familienausflug zu MC Donalds, und das nicht nur wegen der Kinder.
Lukas und Alina fühlten sich hier wohl und riefen immer wieder unüberhörbar „Georg gucke mal hier“ und „Georg gucke mal da“.
Das stimmte mich ziemlich nachdenklich. Ich hatte bemerkt, dass einige Leute sich nach uns umdrehten.
Am Abend, wir saßen wir, wie sooft in der Badewanne, da griff ich auch dieses Thema beim Schopf.
Ich sagte zu Georg, dass ich mir manchmal vorkäme, als sei ich mit meinem Onkel oder Bruder unterwegs. Ich würde es deshalb besser finden, wenn die Kinder „Vati“ zu ihm sagen dürften. Er war damit einverstanden.

Wir redeten, erörterten und philosophierten noch lange, bis das Wasser kalt war.
Als wir aus der Wanne stiegen, bibberten wir zwar vor Kälte, aber wir hatten den Entschluss gefasst, mit Lukas und Alina darüber zu sprechen.
Kaum 2 Wochen später sagten die Kinder „Vati“ zu Georg.

24

Es war Zeit für unseren 1. gemeinsamen Sommerurlaub.
Den wollten wir in Ungarn verbringen. Georg teilte mit mir diese besonders herzliche Beziehung zu diesem Land. Ungarn war für mich Sommerferien, meine Tante, Pfirsiche und Paprika.
Georg kannte Ungarn auch schon durch einige Sommerurlaube, die er mit seinen Eltern am Balaton verbracht hatte.....
Wir planten 2 Wochen in einem kleinen Ferienhaus an einem Thermalbad.
Unsere Tour sollte mit dem Auto über Österreich gehen.
Bis dahin hatte ich immer alle belächelt, die so sehr von den Bergen geschwärmt hatten. Für mich gehörten die Bilder von den tollen Bergen, Wiesen, Seen und Kühen, uneingeschränkt zur Volksmusik.
Auch Georg war begeistert von den Bergen. Er wollte unbedingt an den Großglockner. „Ja, wenn man schon mal da ist" war wieder einmal sein Spruch. Die Berge? Darüber wunderte ich mich. Georg, der eher rationale Typ?
Wo hatte er denn diese Liebe entdeckt und versteckt?
Na okay, dachte ich mir. Er ist der Fahrer, er will da lang, fahren wir eben durch Österreich. Es war sowieso aussichtslos mit ihm zu diskutieren.

Er hatte sich das in den Kopf gesetzt. In solchen Momenten erkannte ich immer das Böckchen des Einzelkindes.
Es waren schon einige Stunden, die wir durch die Gegend tuckerten.
Die Kinder fragten ständig „wann sind wir da"? Es war heiß und wir mussten viele Pausen einlegen.
Und dann waren „sie" da. Nämlich die Alpen.
Gewaltig. Unumstößlich. Und...wunderschön.
Im Nachhinein muss ich zugeben, dass auch ich fasziniert von dieser Gegend bin. Ich bin sogar richtig froh, dieses Fleckchen Erde etwas genauer kennen gelernt zu haben. Diese mächtigen Berge, die weiten, grünen Täler und die herrlich frische Luft. Es war die ganz, ganz große Liebe, auf den ersten Blick.
An Volksmusik musste ich bei diesem Anblick wirklich nicht denken.
Wenn ich die Chance hätte, dort leben zu können, würde ich es auch wirklich tun. Aber das ist natürlich mal wieder nur so ein Traum...
Als wir an unserem Ferienort in Ungarn ankamen war leider gerade kein Ferienhäuschen frei. Wir mussten mit einer Ferienwohnung vorlieb nehmen.
Es entsprach nicht ganz unseren Vorstellungen, aber wir waren an Platznot gewöhnt.
Lukas und ich waren ein bisschen erkältet, so eine Art Sommergrippe.
Vorsorglich hatte ich die halbe Apotheke eingepackt. Ich hätte mal den Apotheker auch gleich noch mitnehmen sollen, denn der Urlaub entwickelte sich zur mittelschweren Katastrophe. Wir nahmen zwar gewissenhaft unsere Medizin und es wurde auch besser. Aber nach 8 Tagen haute es dann Alina um. Sie bekam Bauchweh, Fieber, Erbrechen und Durchfall. Nicht

mal einen Schluck Tee konnte sie in sich behalten.
Wir entschieden uns für eine „schnelle“ Heimreise.
Georg kümmerte sich um die Bezahlung der Wohnung und ich packte alles eilig zusammen, besorgte noch eine Thermoskanne für Tee und kaufte Biskuit.
Vorsorglich hatte ich Wechselsachen für die kleine, kranke Maus in einen extra Beutel gepackt.
Die Heimreise wurde zur Höllenfahrt. Immer wieder mussten wir anhalten, weil Alina sprichwörtlich die Hosen voll hatte.
Ansonsten lag sie völlig teilnahmslos im Auto. Auch ihr Bruder machte sich große Sorgen. So kannte er seine sonst recht wilde Schwester gar nicht.
20 km vor Felsennest zog ich Alina das letzte Höschen an, das ich noch für sie hatte.
Mitten in der Nacht kamen wir an.
Ich weiß nicht ob es daran lag, dass unser Kenzeichen am Auto die „Schnapszahl“ 44 hatte. Oder lag es daran, das unser erster Urlaubstag der
22. war.
Seit meiner Kindheit hasste ich diese Doppelzahlen. Immer wenn so eine Zahl im Spiel war, ging etwas schief.
Damals, ich hatte mich mit 10 Jahren als Tänzerin für das DDR-Fernsehballett beworben.
In unserer ABC- Zeitung hatte ich einen Bericht über ein Mädchen, welches übrigens auch Sonja hieß, gelesen.
Sie beschrieb ihren Alltag im Internat und von dem Training in der Tanzschule.
Es wurden Nachwuchstalente gesucht. Sie rief alle kleinen Mädchen, die sich so ein Leben vorstellen konnten auf, sich zu bewerben.
Ich fühlte mich natürlich sofort dazu berufen. Ich

bettelte meine Eltern, sie mögen doch bitte, bitte mit mir nach Berlin zu dieser Vorstellung fahren.
Irgendwie bekamen sie das auch hin. Nun konnte meinem Weg als „Hupfdohle", wie mein Vater diese Damen immer zu nennen pflegte, also gar nichts mehr im Wege stehen.
Wenn erst Sonnja Blume die Showbühne betritt, werden alle vor Neid erblassen...
Nach Vortanzen und irgendwelchen Pflichtübungen erkannte die Juri zwar mein Talent, aber auch mein Hohlkreuz. Sie wussten, dass ich die Strapazen damit niemals aushalten werde. Ich war mächtig sauer. Aus der Traum.
Meine damalige Startnummer war die 44.
Blöde Zahl. Sinnlos Zahl. Eben Schnapszahl. Seit dem Tag hasse ich sie.
Es konnte also auch nur diese blöde Zahl daran schuld sein, dass unser erster gemeinsamer Urlaub so zu Ende gehen musste.

25

Am nächsten Morgen waren wir die ersten Patienten beim Kinderarzt.
Auch mein Husten war zurückgekommen und der Kinderarzt versorgte mich gleich mit. Alina war nach 3 Tagen wieder einigermaßen fit.
Nur ich kam nicht mehr auf die Füße. Mit einer ausgeprägten Bronchitis hegte ich noch das Bett, als die Kinder bereits wieder in den Kindergarten gingen.
Mittags kam Georg immer nach Hause und fragte mich, ob er mir etwas Gutes tun könne. Es tat mir schon gut, ihn bei mir zu haben.
Ich freute mich, wenn er mir etwas von der gesunden Welt, da draußen, erzählte.
Die Oma nahm nachmittags die Kinder. Alle waren sehr besorgt. Ich musste nun schnell gesund werden.
In 3 Wochen sollte der Schulanfang meines Sohnes gefeiert werden. Nach einer Woche war ich dann auch wieder völlig fit.
Der Tag der Einschulung von Lukas fiel auf meinen Geburtstag.
Der Schulanfang ist in der ehemaligen DDR ein ganz besonderer Tag.
Da wird so richtig groß gefeiert. Da kommen alle Omas, Onkels Tanten usw.
10.oo Uhr versammelten sich alle Eltern, Geschwister Tanten, Onkels und wer weiß was noch für eine bucklige Verwandtschaft, welchen Grades auch im-

mer, im Speiseraum der Schule.
Dort war eine Bühne aufgebaut und alles hübsch geschmückt.
Die ABC Schützen bekamen von den „Größeren“ ein schönes Programm vorgespielt. Sie zeigten, was nun so alles in der Schule auf die „Frischlinge“ zukommt. Was sie alles mitzubringen haben und was man auf gar keinen Fall in der Schule machen darf. Letzteres war wohl das Interessanteste dabei, denn es machte erstens den „Großen“ Spaß, auf irgendwelchen Unsinn hinzuweisen. Zweitens kapierten selbst die „Neuen“ das Unwesentliche am schnellsten.
Danach bekamen die Kinder von ihrer ersten Lehrerin feierlich die Zuckertüte überreicht.
Diese hatten wir Eltern einen Tag vorher beschriftet in der Schule abgeben.
Da saß nun mein kleiner Lord Lukas mit Hemd, Weste und Fliege in der ersten Reihe.
So groß ist er schon geworden. Mit einem Kloß im Hals und Tränen in den Augen verfolgte ich diese Veranstaltung. Da geht einem als Mutti schon eine Menge durch den Kopf.
Es geht vom ersten Schrei, dem ersten Zähnchen, dem ersten Schritt, über Kindergrippe und Kindergarten, dem gebrochenem Arm und den fürchterlichen Pusteln von den Windpocken.
Ich hatte gar nicht bemerkt, dass ich dabei schon wieder 6 Jahre älter geworden war. Das war ja auch nicht schlimm, nur wird es einem immer erst in solchen Situationen bewusst.
Danach wurden auf dem Schulhof Fotos gemacht. Auch die Videokamera war wieder im Einsatz.
Zum Mittagessen fuhren wir mit der gesamten Verwandtschaft in den Landgasthof, außerhalb der Stadt.

Wir hatten diesen schicksalsträchtigen Ort der ersten Begegnung zu unserer Lieblingsgaststätte erklärt.
Alle waren zum Feiern gekommen. Mein Bruder Tino mit seiner Frau und seine beiden Söhnen. Meine Schwester Conny mit Mann und Kind, sowie alle Omas und Opas.
Die Uromas waren nicht dabei, es wäre für sie zu anstrengend gewesen.
Ich bekam an diesem Geburtstag einen nagelneuen VW.
Ich freute mich darüber, wie die Prinzessin über die goldene Kugel.
Das erste ganz neue Auto, nur für mich.
Diesem Wagen schenkte ich mein ganzes Autoherz.

26

Als es Herbst wurde, wussten wir es genau.
Im nächsten Jahr werden wir ein Haus bauen.
Ein Haus mit viel Platz, denn so langsam hatten wir von dieser Enge genug.
Das freie Land, gleich neben dem Autohaus gehörte Gerhart Reich.
Annette und Michael hatten ein Nachbargrundstück gekauft.
Auch sie wollten bauen.
Den ganzen Winter beschäftigten wir uns mit dem Bauvorhaben.
Da hatten wir uns was vorgenommen. Der Architekt, auch ein VW Kunde, erschuf für uns das Objekt der Begierde.
Stundenlang hockte ich mit ihm zusammen und ließ meine kreativen Ideen von ihm zu Papier bringen. Mein Quasi Schwiegervater ließ mir da viel Freiraum.
Er vertraute mir in dieser Angelegenheit fast blind.
Ihn interessierte nur der finanzielle Rahmen, der dabei auf keinen Fall gesprengt werden durfte.
Auch Georg ließ mich handeln. Abends erklärte ich ihm, was der Architekt und ich wieder alles ausgeklügelt hatten. Manchmal hatten wir dann noch heftige Diskussionen, oder stritten uns sogar über dies und das.
Da ich bei meiner Planung immer den wegesparen-

den und praktischen Aspekt beachtet hatte, verlor er regelmäßig diesen Machtkampf.
Irgendwann verlor er dann auch das Interesse und sagte: „ Du wirst das schon machen".
Ich kann also behaupten, dass das Haus, was wir bauen wollten, ganz genau so entstand, wie ich es mir erträumt hatte.
Ich hatte in dieses Projekt meine gesamte Energie und mein ganzes Herz gelegt.
Es sollte ein Doppelhaus werden. Auf der einen Seite sollten Gertraude und Gerhart Reich einziehen. Das gesamte Haus wollten die beiden finanzieren.
In der anderen Hälfte des Hauses sollten Georg, die Kinder und ich wohnen.
Das wird alles so schön, ich konnte es kaum erwarten.
Gedanklich spazierte ich längst durch alle Räume.
Unser Traumhaus sollte die Form von einem U bekommen.
In der Mitte des U sollte die gemeinsame Terrasse sein.
Im nächsten Frühjahr sollte das Projekt starten.

Langsam wurde es wieder wärmer, der Winter hatte an Stärke verloren.
Endlich war es soweit.
Wir warteten sehnsüchtig auf den April, denn unser Hausbau sollte beginnen.
Kurz bevor wir mit dem Bauen anfingen, ließ ich mir meine schönen langen Haare abschneiden.
Wie praktisch, könnte man meinen.
Bisher war ich mächtig stolz auf meine Lockenpracht.
Welche Laune hatte mich denn nur dazu bewegt?

Es war nicht meine Laune, sondern wohl eher die Laune von Georg.
Georg schwärmte von irgendeiner kurzhaarigen Frau aus einem Film.
Das war sehr ungewöhnlich, denn sein Traum war immer ganz anders.
Seine Frau muss sehr, sehr schlank sein und lange, dunkle Haare haben.
So bisschen südländisch hübsch. Bisher hatte ich diese Kriterien alle ausnahmslos erfüllt.
Nun schien sich sein Geschmack vielleicht verändert zu haben.
Da ich ihm immer gefallen wollte und sowieso ziemlich oft machte, was er sagte, ging ich also zum Friseur.
In einer Blitzaktion ließ ich mir den langen Pferdeschwanz abschneiden und die Kurzhaarfrisur der Schauspielerin verpassen.
Sylvi, meine Friseurin wollte mir das wirklich noch ausreden, und gab sich auch alle Mühe dabei.
Aber sie hatte keine Chance.
Sie jammerte mehr als ich, als sie die Schere ansetzte.
... Erst einmal jedenfalls...
Ich versicherte ihr: "Der Georg will das so, das gefällt dem bestimmt super“.
Sie hielt gegen, und sagte: „Und du, willst du das denn auch wirklich“?
Ich druckste so bisschen herum und meinte:
„Ich mache das für ihn und außerdem kann ich die Haare doch auch wieder wachsen lassen, wenn ich nicht klar komme“.
Nach 5 Minuten hielt ich meinen Zopf in der Hand.
Sylvi wirbelte um meinen Kopf und gab sich wirklich die größte Mühe, mich in „die“ Schauspielerin

zu verwandeln.
Als ich mich in dem großen Spiegel betrachtete, wurde mir schlagartig klar, was ich angestellt hatte.
Ich hatte meine feminine Ausstrahlung verloren.
Vorbei war es, mit der koketten Bewegung, die Haare wie eine Diva aus dem Nacken zu schütteln.
Vorbei war es, sich in Gedanken immer und immer wieder eine Strähne als die gelungenste Schillerlocke, die es je gab, um den Finger zu wickeln.
Vorbei war es, nach dem besten Sex, den man je miteinander hatte, die nass gepeitschte Sinnlichkeit leger zu einem Knoten zu stecken, um wieder Luft zu bekommen.
Vorbei war es mit dem süßen, langhaarigen Püppchen.
Ich wirkte älter, strenger, unglaublich markant, herb und hart.
Meine Friseurin hatte keine Schuld, sie hatte alles so gemacht, wie abgesprochen.
Ich begriff, dass es mindestens 5 Jahre dauern würde, bis ich wieder annähernd so aussehen könnte, wie es *mir* wirklich gefällt.
Denn eins war mir sofort klar. So... gefiel ich mir nicht.
Aber nun waren sie ab. Mir war regelrecht übel und ich fühlte mich, als wäre ich krank. Wieder und wieder stellte ich mir die Fragen:
„Warum mache ich denn nur immer, was Georg gefällt? Warum bin ich in solchen Momenten nicht stark genug für meine eigene Meinung"?
Sonst einen Raushängen lassen, einen auf Selbstbewusst machen...aber in den wichtigen Sachen, die nur mich betreffen, klein und labil sein.
Na prima. Toll gemacht. Manchmal müsste ich mir

echt selbst eine kleben.
Ich bildete mir ein, dass, wenn ich ihm immer wie ein Püppchen gefalle, dass er mich dann noch viel mehr liebt, und mir das natürlich auch noch viel mehr zeigt.
Absolute Fehlbildung, die ich da hatte. Ich spürte wieder einmal, wie ich dieses... „Ich möchte am Liebsten allen immer alles ganz recht machen" –Syndrom an mir hasste.
Ich war jetzt Ende Zwanzig und hatte wieder einmal spontan wie eine pubertierende Fünfzehnjährige gehandelt.
Leider gefiel ich dem Georg längst nicht so, wie es die Schauspielerin getan hatte.
Darüber war ich dann noch mehr enttäuscht, denn dieses kleine Restfünkchen der Hoffnung, hatte in mir noch geglüht.
Nun war ich traurig. Nun war ich sauer. Nun war ich war hässlich und dumm sowieso. Und mit „praktisch" hatte das Ganze gleich recht nichts zu tun.
Mit dem ganzen Gezippel und Gestyle hatte ich mehr zu tun, als mir einfach einen Haargummi in die langen Haare zu wurschteln.
Sagt man nicht, wenn eine Frau die Frisur verändert...?
Na ja, mein Leben wollte ich nun nicht gleich verändern.
Aber ich hatte bemerkt, dass nicht immer alles nur so schön rosarot ist, wie bisher angenommen.
Auch nicht, in meinem „zweiten Leben".
Die Scheidung von Stefan war inzwischen auch erledigt. Emotionslos ließen wir die Formalitäten über uns ergehen.
Wenn meine Eltern zu Besuch kamen, machte mir

meine Mutter immer wieder klar, wie gut ich es doch getroffen hatte.
„Du hast einen guten Freund gefunden, der dich auch mit den Kindern genommen hat!
Du wirst bald in einem wunderbaren, neuen Haus wohnen!
Du fährst das neuste Auto!
Du kannst dir jederzeit dein Solarium, Friseur, Kosmetik und Fußpflege leisten!
(...obwohl ich ja nicht genau weiß, wozu du das alles brauchst...Also ich brauche so etwas nicht...)
Du musst dir um Geld sicher nie wieder Sorgen machen!
Du hast Glück gehabt, wie Pretty Woman!
Und überhaupt, mein Fräulein...Du musst immer dankbar dafür sein und endlich lernen, deine Ansprüche zurück zustecken.
Denn das ist das Los einer Frau"!
Ich sah das Ganze doch ein bisschen anders.
Ich ging arbeiten, verdiente für uns Geld und hatte auch eine Menge gespart.
Ich engagierte mich im Autohaus und für den Hausbau!
Ich kümmerte mich um meine Familie!
Ich führte meinen Haushalt!
Ich bemühte mich eben ständig es allen recht zu machen.
Klar musste ich auch für vieles dankbar sein. Es gab eben oftmals eine finanzielle Lösung für Probleme.
Trotzdem.
Hatte sie das denn alles übersehen?
Wie viel Sonnja war von mir noch übrig geblieben?
War ich denn jetzt nur noch die Freundin von...???
Ich schob diese Gedanken beiseite, wie man im Win-

ter mit einem großen Schneeschieber die weiße Pracht beräumt.

Es gab jetzt wirklich wichtigere Dinge, als sich zu überlegen, auf welchem Breiten- oder Längengrad der Erde man gerade steht.

Außerdem kannte ich die Predigten meiner Mutter schon fast 30 Jahre.

Bisher hatte ich alle, ohne persönlichen Schaden zu nehmen, überstanden.

Sicherlich meinte sie alles nur gut.

27

Die Baugrube wurde im April ausgehoben.
Gerade zu dieser Zeit wollten Georgs Eltern 1 Woche Erholungsurlaub an der Nordsee machen. Dorthin fuhren sie jedes Frühjahr.
Gerhart Reich wollte schon den Kurzurlaub abblasen, weil er lieber auf der Baustelle sein wollte.
Gertraude Reich machte aber deswegen ein riesiges Spektakel.
Sie hatte absolut kein Verständnis für den Baubeginn und pochte auf ihren traditionellen Urlaubsanspruch.
Bis zu diesem Zeitpunkt war allerdings auch immer noch nicht endgültig abgeklärt, ob das Haus teilunterkellert, oder vollunterkellert werden soll.
Wieder war ich diejenige, die mit dem Architekt und Projektleiter kommunizierte.
Ich hörte mir Vor- und Nachteile an, erfuhr die Preise und stand dann vor dieser Entscheidung. Georg musste sich allein um den Betrieb kümmern und ließ mich wieder mal machen.
Ich hatte die Baupläne in unserem kleinen Flur der Zweiraumwohnung ausgebreitet und rief Gerhart Reich auf der Ferieninsel an.
Groß und breit erklärte ich ihm die Situation, mit allen wichtigen Details.
Die Entscheidung musste noch an diesem Abend fallen, da am nächsten Tag die Bagger anrollen sollten.
Ich hatte mich heimlich schon längst für die Vollun-

terkellerung entschieden.
Erstens ist so ein Keller durchaus ein sehr wichtiger Bestandteil in einem Haus. Man kann ihn wirklich vielseitig nutzen.
Zweitens ist eine Vollunterkellerung kostengünstiger.
Die Isolierungskosten bei einer Teilunterkellerung wären weit über die Baukosten des Kellers gegangen.
Aber, es handelte sich schließlich um das Haus, welches Familie Reich Senior bezahlten. Also mussten sie auch solche Entscheidungen auch absegnen.
Ich lag auf dem Bauch, mitten auf den Bauplänen und redete begeistert auf Gerhart Reich ein.
Er hörte meinen Ausführungen aufmerksam zu. Auch er kam zu dem gleichen Schluss, wie ich es mir schon vorher ausgedacht hatte.
Da war es wieder, mein Verkaufstalent.
Er gab mir „grünes Licht" und ich gab dieses an die Bauleitung weiter.
Georgs Mutter hatte sich auch bei dieser Entscheidung wieder einmal raus gehalten. Sie interessierte sich auf keine Art und Weise für diesen Hausbau.
Ich hatte die Planung für die zweite Haushälfte nach gutem Wissen und Gewissen für Gertraude und Gerhart Reich gleich mit übernommen.
Gertraude Reich fiel die Trennung von ihrer Stadtwohnung sehr schwer.
Sie hatten etwa 30 Jahre dort gewohnt.
Gertraude Reich freute sich überhaupt nicht auf ihre neue, moderne Haushälfte.
Keiner konnte sie verstehen, nicht einmal ihr Mann.

In den darauf folgenden Monaten hatten Georg und ich kaum Zeit für uns.

Jede freie Minute waren wir auf der Baustelle. Erst recht an den Wochenenden.
Im Winter hatte ich den Buchführungslehrgang beendet und arbeitete jetzt ein paar Stunden im Büro einer Versicherungsagentur.
Dank meines neu erworbenen Wissens, sollte ich die gesamte Rechnungsführung für den Hausbau machen. Ich kümmerte mich um Bestellungen, Lieferscheine, Rechnungen, Zahlungsziele usw.
Zusätzlich mussten dann auch noch die hungrigen Bauarbeiter versorgt werden.
Ich kann nicht mehr nachvollziehen, wie viele Brote, Wurst Butter, Eier und Grünzeug dieser Bau verschlungen hat. Es mussten wirkliche Unmengen sein. Manchmal waren 15 Leute gleichzeitig zum Helfen da.
Ich war sehr froh, dass mich Frau Reich wenigsten bei der Versorgung der Bauleute unterstützte.
Wir kochten Essen und schmierten Brote im Akkord.
Manchmal wurde auch einfach Essen bei einer Firma bestellt.
Mit dem Gedanken, vielleicht am Jahresende schon in diesem herrlichen Haus zu wohnen, ging alles leichter.
Auch die Kinder mussten sich die Zeit auf ihre Art vertreiben.
Zum Glück war es ein sehr schöner und heißer Sommer.
Sie spielten in den großen Dreckhaufen. Sie badeten in einer alten Regentonne, die da irgendwo rum stand, oder sie saßen im Autohaus vorm Fernseher.
Zwischen Baustelle und Autohaus waren es nur etwa 40 Meter Entfernung.

Während der Bauphase war das natürlich überaus praktisch.
Wir hatten immer Strom und sauberes Wasser zur Verfügung.
Wir benutzten die kleine Küche der Angestellten für das Zubereiten des Essens. Auf ein toi toi Häuschen konnten wir verzichten und nach der Arbeit saßen wir nicht zwischen Hohlblocksteinen und Zement, sondern auf dem gepflegten Vorplatz des Autohauses. Von dort konnte man das Wachsen des Baues am Besten bestaunen.
Es war für mich nicht so leicht, den Hausbau und meinen kleinen Schulanfänger unter einen Hut zu bekommen.
Ich bemühte mich wirklich sehr, alles, so gut es ging, in den Griff zu bekommen. Oft musste der Schulranzen mit zum Bau, damit wir dort, mal zwischendurch, die Hausaufgaben erledigen konnten.
Für Lukas war die Umstellung auf den Schulalltag ganz schön anstrengend.
Ich war aber auch sehr ehrgeizig und streng.
Wenn er etwas nicht so sauber geschrieben hatte, wie ich mir das vorgestellt hatte, musste er es gleich noch einmal wiederholen. Dafür war aber dann eigentlich gar nicht so richtig Zeit.
Also gab es öfter mal Tränen, denn ich wollte immer gleich eine Meisterleistung von ihm sehen.
Lukas fand seine ersten Aufzeichnungen immer sehr gelungen.
Ich bin im Sternzeichen der Jungfrau geboren, und deshalb als Perfektionist bekannt. Diese Perfektion verlangte ich auch immer gern von anderen, oder versuche oft, sie auf andere zu übertragen. Ich kann mich über irgendwelche Halbheiten richtig ärgern und da-

von schlechte Laune bekommen.
Das bekam mein Söhnchen nun leider schon mal mehr oder weniger hart zu spüren.
Ich nörgelte und gackerte auf ihn ein, obwohl er sich doch so angestrengt hatte.
Aus diesem Grund habe ich im Nachhinein noch manchmal ein schlechtes Gewissen.
Er hat es wohl nie so eng gesehen, wie ich. Wenn er mir mal wieder um den Hals fiel, und wir uns gestanden, wie sehr lieb wir uns haben, war unsere kleine Welt auch immer wieder in Ordnung.
Außerdem machte er seine Sache eben so gut, wie er konnte.
Bis auf sein temperamentvolles Verhalten, war seine Lehrerin auch ganz zufrieden. Er ist ein ganz „schön aufgeweckter Bengel" hätte meine Oma gesagt.
So ein Schlaftablettenkind aus dem Hintergrund würde übrigens auch gar nicht zu dieser Mutti passen.

Auf der Nachbarbaustelle von Annette und Michael ging es auch mächtig vorwärts. Manchmal, spät abends, saßen wir dann noch bei einer Flasche Bier zusammen und plauderten. Die vielen Ideen, gemeinsamen Interessen und Vorstellungen stärkten unsere Freundschaft.
Unser „alten" und gleichzeitig „neuen" Nachbarn erfüllten sich mit ihrem Bau auch einen ganz besonderen Traum.
Vor einigen Jahren hatten sie ihren Urlaub in einem tollen italienischen Ferienhaus verbracht. In dem Stil dieses Hauses, bauten sie jetzt ihr eigenes Traumhaus.
Der Wohnbereich war über die gesamte obere Etage ausgedehnt.
In einem Teil der unteren Etage bekam Michaels Mutter eine Einliegerwohnung, der andere Teil war

Garage und Keller.
Zusätzlich planten sie einen großen Pool.
Zum Gesellschaftsspiele- Abend waren wir schon lange nicht mehr gekommen, dafür fehlte uns wirklich die Zeit. Annette und ich hatten aber, trotz des Baustresses, nicht vergessen, wie man gemeinsam feiert.
Das ging durchaus auch auf der Baustelle.
Einmal organisierten wir ein Tischtennisturnier im Rohbau des zukünftigen Wohnzimmers von Michael und Annette.
Ein anderes Mal lockten Georg und ich unsere zukünftigen Nachbarn mit einer Disco in unsere heiligen Hallen.
An einem Samstag, als es wieder so richtig heiß war, ließen wir die Baustelle, Baustelle sein, und verschwanden alle 4 heimlich in Richtung Badesee.
Der liegt etwa 200 Meter Luftlinie von unseren Fast-Häuschen entfernt.
Wir rissen uns die Klamotten auf den letzten Metern vorm Wasser vom Körper und stürzten uns in das herrliche, kühle Nass.
Es war so erfrischend. Wir tobten durchs Wasser wie Fische im Netz.
Wir schwammen, als müssten wir Gold für Deutschland holen.
In diesem Moment hatte ich die ganze Belastung und Anstrengung vergessen. Ich fühlte mich leicht und biegsam. So muss es wohl jeden Tag einer Pusteblume im Wind gehen.
Vielleicht sollte ich mich im nächsten Leben darauf spezialisieren.
Pusteblume werden, oder vielleicht doch lieber der gute alte Baum?
Der kriegt doch noch ein bisschen mehr mit, als nur

den Wind.
Egal. Jetzt nur nicht philosophieren sondern genießen.
Nachdem wir uns ausgetobt hatten, trabten wir wieder zur Baustelle zurück. Jetzt merkten wir erst richtig, wie schlapp wir waren.
Mit hängenden Schultern, schweren Beinen, als hätten wir Ketten mit Bleikugeln dran, schlürften wir über den Kundenparkplatz des Autohauses.
Der Bau hatte schon verdammt an unseren seelischen und körperlichen Kräften gesogen.
Man bezahlt nicht nur eine Menge Geld, man bezahlt mit einer Menge Energie.
Ein paar Tage später hatte es Georg auch ganz schön erwischt.
Sein Körper zeigte seine Grenzen und wehrte sich mit einer dicken, fiebrigen Halsentzündung.
In diesem Zustand konnte ich Georg nicht zum Arzt bringen, also bestellte ich den Arzt zu uns nach Hause.
Der Doktor entschied sich für eine Spritze mit irgendeinem hochwirksamen Medikament.
Antibiotikum. Das sollte schnell und gut helfen.
Georg war beim Anblick dieser Spritze nicht gerade hocherfreut.
Musste er nicht schon genug aushalten und leiden? Hatte sich da nicht die gesamte Menschheit gegen ihn verschworen?
Ich glaube, jede Frau, die einen Mann kennt, kennt diese wahnsinnig interessante Darstellung des leidenden männlichen Geschlechts.
Wie sie sich, mit der sicherlich jeden Moment zu Ende gehenden letzten Energie, ihrem Leid ergeben.

Wie sie geschwächt und leise hauchend kundtun, dass keine Frau je so krank sein, geschweige denn solche Schmerzen wie ein Mann haben könnte!
Es ist ein Jammer, dass alles mit ansehen zu müssen.
Es ist so herrlich tragisch, dass es uns Frauen schon wieder eine Menge Konzentration kostet, uns auf die Innenwangen zu beißen, um das Grinsen auf unserem Gesicht nur ja nicht in ein Lächeln bis Lachen ausbrechen zu lassen.
Nein, wir werden uns beherrschen, wir üben uns in Geduld und wir drücken unser Mitgefühl aus.
Wir sind die liebsten und ehrlichsten Frauen der ganzen Welt.
Stimmt das oder stimmt das etwa nicht???
Es Stimmt!!! Basta.
Ich war ja für ihn da und rannte und machte, was nur ging. Ich hatte mir schon Sorgen um ihn gemacht. Aber als ich krank war, habe ich nicht so gejammert. Das steht fest.
Jedenfalls bekam er diese Spritze, und am nächsten Tag noch einmal eine, und dann noch einmal eine. 3 Tage lang hintereinander musste er diese Prozedur über sich ergehen lassen. …Und ich konnte ihm dabei kein bisschen helfen.
Das hatte der Onkel Doktor mit hoch erhobenen Zeigefinger so entschieden.
Dann musste er nur noch Tabletten einnehmen und kam auch langsam wieder in die Senkrechte. Allerdings zeigten sich am fünften Tag ganz nette Rötungen in der Leistengegend. Hübsch. Wirklich.
Nun vertrug das Mimöschen noch nicht einmal die Medizin unterm Höschen.
Gegen dieses Elend, sind die Shakespearischen Dramen wie Komödien.

Es gibt wirklich nichts schlimmeres, als ein erkranktes Männchen.
Allen Widrigkeiten zum Trotz, schritt mein Traummann dann doch langsam seiner Genesung entgegen. Er erlangte seine volle Funktionstüchtigkeit zurück und wir konnten diese wieder nutzen und genießen.

28

Auf den Baustellen ging es mächtig voran.
Es wurde gemauert, gezimmert, Leitungen und Dachziegel verlegt, Fenster eingesetzt, verputzt und noch vieles, vieles mehr.
Im Nachbarbau lernte Tommy auf einem Parcours zwischen Kinderzimmer, Bad und Wohnzimmer das Fahrrad fahren. Lukas und Alina erfanden immer wieder neue Spiele, womit sie sich die Zeit vertrieben.
Für einen Urlaub blieb in diesem Jahr natürlich keine Zeit und kein Geld.
Das Geld, was wir gespart hatten, sollte für die neue Einrichtung sein.
Im Herbst hatten wir 2 schöne Kinderzimmer, die Einbauküche, eine neue Couchgarnitur und ein Wasserbett bestellt.
Die Liefertermine waren für Dezember festgelegt.
Ich hatte mir frei genommen, um das Haus schön einrichten zu können.
Es gab noch so viel zu tun bis Weihnachten.
Ich schrubbte, putzte und wirbelte tagtäglich. Weiterhin managte ich den gesamten Ablauf.
Der Elektriker war noch im Haus und die Auslegware wurde schon Raum für Raum ausgelegt. Die Küchenbauer kamen mit ihren riesigen Kisten und der Heizungsinstallateur hatte auch noch alle Hände voll zu tun.

Georg hielt sich, wie gewohnt, im Hintergrund. Er hatte auch im Autohaus genug zu tun.
Man glaubt ja gar nicht, wie viele Leute sich zu Weihnachten ein Auto schenken wollen. So richtig, mit großer roter Schleife und so... Um die Auslieferung zum richtigen Zeitpunkt zu gewährleisten, musste auch Georg allerhand organisieren.
Ich hatte mir in den Kopf gesetzt, bis Weihnachten unser Wohnparadies fertig zu haben.
Gertraude Reich hatte es da längst nicht so eilig.
Meine Sozusagen- Schwiegereltern wollten erst im Frühjahr einziehen.
Sie hatten auch schon einen Großteil neuer Möbel in ihrer Haushälfte stehen, aber zogen noch nicht ein. Diese Haushälfte wirkte wie ein verlassenes Geisterschloss.
Bei uns war das ganz anders.
Wir alle hatten es tatsächlich bis zum 19. Dezember geschafft.
Und wir waren alle geschafft.
6 Tage vor Weihnachten machten wir dann die Hauruck Aktion.
Wir schnappten uns den Kleintransporter und fuhren zu unserer Wohnung.
Dort holten Georg und ich unsere 4 Matratzen, Decken und Kissen, Zahnbürsten und ein paar Sachen.
Gut gelaunt fuhren wir zu unserer neuen Haus.
Da angekommen, wurde alles auf die richtigen Zimmer verteilt.
In der oberen Etage befanden sich die 2 Kinderzimmer, das Schlafzimmer und ein geräumiges Bad.
Lukas und Alina durften nun erstmalig ihre eigenen Zimmer beziehen. Mit einigen Innentüren hatte es Lieferverzögerungen gegeben, es fehlte, unter ande-

ren, die Schlafzimmertür.
Aber das war uns egal. Wir konnten trotzdem schon das erste mal im Haus übernachten.
Wir waren darüber sehr froh. Sehr glücklich über das erreichte Ziel.
Jetzt wohnten wir in unserem nagelneuen Haus.
Wir brachten die Kinder ins Bett, das heißt, auf die Matratzen.
Wir wünschten Ihnen, sie sollen etwas ganz tolles träumen, denn dass, was man unter einem neuen Dach träumt, wird dann auch wahr.
Dafür wollten sie sich mächtig anstrengen und schliefen auch ganz schnell ein.
Georg und ich gingen Arm in Arm durch unser neues zu Hause.
Wir überlegten uns, wie wir dies und das einrichten und gestalten wollen.
Plötzlich zauberte Georg eine Piccolo Söhnlein Brillant aus dem Kühlschrank und sagte: „ Schatz, darauf müssen wir anstoßen"!
Wir saßen in unserer edlen weißen Küche auf zwei Holzleitern und tranken aus Plastikbechern unseren ersten herrlich, erfrischenden Sekt in unserem neuen Haus.
Es war so schön, so entspannt. Wir waren so stolz auf uns und das, was wir geleistet hatten. Jetzt war das „Gröbste" wirklich überstanden.
Wir waren glücklich und zuversichtlich.
Müde fielen wir später auf unsere Matratzenlager.
Trotzdem konnten wir nicht einschlafen. Alles wirkte irgendwie gespenstig.
Wir schauten uns in unserer neuen Umgebung um und lauschten nach jedem Geräusch.
Wir erzählten uns Gruselgeschichten und glaubten

schon fast an ein gespenstiges Monster, was wohl jeden Moment durch den Türrahmen springen würde. Deshalb standen wir wieder auf und hängten eine Decke vor das Türloch.
Nun störten uns nur noch diese ungewohnten Geräusche.
Da knackte die Holztreppe, da klopfte etwas unter dem Dach und zu hell war es irgendwie auch. Aber irgendwann war uns das wohl alles egal.
Der Schlaf hatte gesiegt.
Wir schliefen wie Murmeltiere. Zu fest, um neue Träume zu träumen.
Am nächsten Morgen wurden wir von den Handwerkern geweckt.
Draußen war es kalt und es hatte über Nacht geschneit.
Im Haus dagegen war es überall gleichmäßig warm.
Da brauchte man nicht erst Kohlen holen und Feuer machen. Haha.
Überall Fußbodenheizung. Das war für mich alte Frostbeule die beste Erfindung überhaupt. Na ja fast jedenfalls.
Außerdem war ein Geschirrspüler in der neuen, strahlend weißen Küche eingebaut. Einen Wäschetrockner besaß ich jetzt auch.
Was man nicht alles für einen Luxus haben kann.
Ich war nicht Gott in Frankreich, aber Göttin in Felsennest.
Das aller, aller, aller Beste war allerdings:
Wir hatten jetzt ganz, ganz viel Platz.
Am gleichen Tag sollte noch ein Traum in Erfüllung gehen.
Unser Wasserbett.
Es sollte geliefert, befüllt und angeschlossen werden.

Was für eine Aufregung. Keiner von uns wusste, ob das auch wirklich so gesund sein würde.
Als wir uns im Herbst danach erkundigt hatten, wurde es uns als das „Beste“ empfohlen. Völlig überzeugt hatten wir zugeschlagen. Nun war es soweit.
Die Möbelmänner rückten an ... und enttäuschten uns erst mal richtig.
“ Das Wasser braucht mindestens 24 Stunden, um auf die richtige Temperatur zu kommen“ erklärten sie uns. Soweit hatten wir nicht gedacht.
Wir sollten also auch die 2. Nacht auf unseren Matratzen verbringen?
Ach, nöö, so hatten wir uns das aber nicht vorgestellt.
Na ja, aber mal ausprobieren, wie sich das so anfühlt, dass machen wir trotzdem.
Also, los ging’s.
Das Bett war wackelig, wie Götterspeise. Der Rahmen war aus dicken und dünnen Bambusrohren zusammen gesteckt. Am Kopfende befand sich ein Dreieck aus dem gleichen Material. Wir ließen das Bett mitten im Raum aufstellen, so dass wir von allen Seiten hinein hopsen konnten.
Das machte vor allem den Kindern Spaß.
Nachdem wir an dem Bett alles ausgiebig untersucht und ausprobiert hatten, hatten wir dann auch gleich eine Idee.
Wir packten alle Decken, die wir fanden auf das Bett und beschlossen.
Wir schlafen in dieser zweiten Nacht in diesem Bett.
So war es dann auch und es hat uns sofort sehr gut gefallen.
Meine „beste Freundin“ Esther Winter, aus dem Autohaus Reich hatte natürlich auch ihren Senf dazu zu-

geben.
„Ach, es musste ja unbedingt ein Wasserbett sein“ und „ Wer weiß, wer weiß ob das wirklich so gesund ist“? Tratsch, tratsch.
Der Neid der Besitzlosen hatte sie voll erwischt.
Meine wirklich beste Freundin Birgit aus Muldenstadt fand es toll und gönnte es mir von Herzen.
Sie war mit ihrem Mann zum Umzug gekommen.
Nicht ganz selbstverständlich, 4 Tage vor Heilig Abend.
Nun musste noch alles Andere aus unserer Wohnung ins neue Haus gefahren werden. Ich koordinierte die ankommenden Körbe und Kisten in die dafür richtigen Räume.
Ich konnte gar nicht glauben, was sich in dieser kleinen Wohnung alles angesammelt hatte.
Wir räumten einen ganzen Tag alle Sachen von A nach B.
Das Wohnzimmer und die Küche waren soweit fertig.
Jetzt konnte Weinachten kommen.

29

Die ganze Familie hatte sich wieder traditionell versammelt.
Alle bestaunten zunächst die neue Umgebung.
Georg hatte, wie jedes Jahr, einen Weihnachtsbaum besorgt.
Die Kinder und ich hatten diesen liebevoll geschmückt.
Die Weihnachts- CD leierte mindestens zum fünften mal durch.
Das Essen hatten die Omas vorbereitet. An Geschenke hatte natürlich auch wieder jeder gedacht und dem Weihnachtsmann untergejubelt.
Das Durcheinander des Heiligen Abends war wieder perfekt.
Erst hatte ich immer gedacht, dass dieses Chaos an unserer kleinen Wohnung lag. Es bewies sich aber, dass das nicht stimmte.
Das Geschenkpapier lag nun noch breiter verstreut.
Alle wunderten sich noch genauso lautstark über die Geschenke und meine Wege, die ich kriechend mit dem blauen Müllsack hinter mir herziehend durch allerhand Beine absolvierte, waren länger geworden.
Ich bewundere nach wie vor dieses besinnliche Weihnachtsfest, dass uns in der Werbung immer so toll vorgemacht wird.
Alle in Festtagskleidung mit einer grünen Tasse Jacobs Krönung.

Ruhig, glücklich vor sich hin lächelnd, aufmerksam und übernatürlich liebevoll.
So eine stille und heilige Nacht war mir noch nicht begegnet.
Bei uns redeten alle wild durcheinander.
Ich suchte nach einem passenden Tafeltuch für unseren neuen Esstisch.
Georg sollte doch nun endlich mal Tisch decken und nicht Maulaffen feil halten. Die Kinder probierten ihre neuen Sachen an und Spielzeuge aus.
Die Uroma schüttelte wieder pausenlos den Kopf.
Gertraude Reich lobte ihren Kartoffelsalat, weil es ja sonst keiner tat.
Gerhart Reich blökte nach dem ersten Bier.
....Und ich? Ich konnte auch an dem ersten Weihnachtsfest in unserem neuen, schönen, großen Haus feststellen.
Auch wenn der Ort ein anderer ist, die Menschen sind doch gleich.

30

Wir hatten im Keller so eine Art Partyraum eingerichtet.
Dort feierten wir, mit den fleißigen Bauhelfern das Silvesterfest.
Unter anderen war auch Esther dabei. Ihr Mann Ralli hatte uns wirklich viel beim Innenausbau geholfen.
Alle bestaunten unser tolles Haus. Auch Esther. Ob sie wohl immer noch solche Gedanken hatte, sie könnte an meiner Stelle sein und ihr könnte das hier alles gehören?
Ich wurde mit ihr immer noch nicht warm.
Bei jeder Feier im Autohaus hielt sie sich an Georgs Seite auf.
Noch immer ging sie mir aus dem Weg. Das war nicht nur mir aufgefallen.
Ich wurde schon oft genug darauf angesprochen und auch damit aufgezogen.
Auf den Sonderschau- Partys gab Gerhart Reich immer wieder seine Lieblingsstory zum Besten. Er sagte: "Da haben wir immer den Georg bedauert, dass er so alleine ist, dabei fuhr der immer heimlich nachts nach Muldenstadt"!
Bei diesen Sätzen zog Esther immer ein Gesicht wie 14 Tage Regenwetter.
Dieses Drama um Esther war mir alles zu blöd. Ich wusste auch nicht, ob und wie ich an diesem Zustand etwas ändern konnte.

Deshalb versuchte ich es auch gar nicht mehr.

Die Silvesterfeier in unserem Haus artete auf Grund eines hohen Alkoholkonsums mächtig aus. Zuletzt ging es per Polonaise durch das ganze Haus. Ich konnte gerade noch rechtzeitig das Wohnzimmer abschließen.
Der Küchenfußboden klebte schon fürchterlich. Genauso die sündhaft teure Holztreppe. Als Krönung wurde dann noch die neue Auslegware im Partyraum mit Rotwein getauft.
Da war mein Tiefpunkt erreicht.
Nach den ganzen Mühen des vergangenen Jahres, nach Entbehrungen und Kampf, konnte ich diese Rücksichtslosigkeiten nicht mehr aushalten.
Ich heulte los. Nichts konnte mich stoppen.
Georg beendete die Feier. Er hatte erkannt, dass ich am Ende war.

31

Jetzt wollten wir das neue Jahr wirklich etwas ruhiger angehen.
Es gab auch in dem neuen Heim noch allerhand zu tun.
Da fehlten hier noch ein paar Haken und da mussten noch Bilder aufgehängt werden.
Jeden Tag schafften wir uns unser gemütliches Nest noch gemütlicher.
Wir nahmen uns endlich wieder einmal Zeit für uns.
Da konnte der Winter „Winter" heißen wie er wollte.
Bei uns war es kuschelig. Wir nutzten unsere schöne große Badewanne und erst recht unser schönes, großes, warmes, weiches Wasserbett.
Wenn ich nachmittags aus dem Büro kam, freute ich mich immer über den Geruch vom „Neuen Haus". Es war so eine angenehme Mischung aus frischen Tapeten, Farben, neuer Auslegware und neuen Möbeln.
Dieser Duft gehörte jetzt zu uns. Er war sehr treu, denn er empfing mich nun regelmäßig.
Lukas musste ab jetzt mit dem Schulbus zur Schule fahren.
Im August sollte dann Alina zur Schule kommen und mit ihm mitfahren.
Ich hatte endlich wieder mehr Zeit für die beiden, dass tat uns allen gut.
Georgs Arbeitsweg hatte sich absolut optimiert und dauerte nicht mal eine Minute.

Gertraude und Gerhart Reich wohnten immer noch in der Stadt.
Jetzt fühlte ich allmählich die Ruhe, auf die ich mich schon so lange gefreut hatte.
Es war mitten in der Nacht, als Georg plötzlich aus dem Bett sprang und mir wild gestikulierend klar zu machen versuchte, dass er keine Luft bekam.
Er ruderte mit den Armen, zeigte immer wieder auf seinen Rücken und steuerte in Richtung Bad. Ich torkelte ihm schlaftrunken hinterher, und musste dann doch verwundert feststellen, dass er ziemlich einer Tomate ähnelte.
Was war denn jetzt nur mit ihm los? Fragte ich mich. Hatte ich im Schlaf wild um mich geschlagen und ihm einen Hieb versetzt? Hatte er schlecht geträumt und war aus dem Bett gefallen?
Er ließ sich auf den Klodeckel plumpsen und machte einen ziemlich mickrigen Eindruck.
Er schnappte nach Luft und stammelte zwischendurch die Bruchstücke eines Satzes hervor.
Aha. Jetzt konnte ich mir da etwas zusammen reimen.
Georg hatte sich scheinbar in unserem schönen, warmen, weichen Bett irgendwie einen Nerv verklemmt.
Das war mir natürlich völlig unverständlich. Ich riss erst einmal das Badezimmerfenster auf und fing dann an, seinen Rücken zu massieren.
Ich stand Zähne klappernd hinter ihm und tat für ihn, was ich tun konnte.
Er ließ meine Spezialbehandlung über sich ergehen und es ging ihm langsam wieder besser.
Georg konnte wieder normal durchatmen. Das Badezimmer war inzwischen eiskalt, es war immerhin

Anfang Februar!
Erst jetzt merkte ich, dass es mir total schlecht ging.
Nicht nur, dass ich zitterte, als würde ich nackig im Iglu stehen.
Nein, nein mir war so übel als hätte ich den gesamten Wintervorrat der Eskimos aufgefuttert.
Jetzt war ich plötzlich das Opfer und nicht mehr der Retter.
Georg machte das Fenster zu und gab mir meinen Bademantel.
Ich hockte inzwischen auf dem Vorleger der Badewanne und kämpfte mit einem Brechreiz und der Welt. Ich war wohl viel zu schnell aus meinem Himmelbett entflohen und dafür rächte sich jetzt mein müdes Haupt.
Nach etwa einer halben Stunde schlichen wir uns, völlig fertig, in unser Schlafzimmer zurück.
Georg weigerte sich allerdings, in das Wasserbett zu gehen.
Er gab die Schuld seines Aussetzers tatsächlich diesem Bett.
Er suchte, allerhand Decken zusammen und breitete sie neben der rechten Seite des Bettes, wo ich lag, aus.
Er zog es wirklich vor, die restliche Nacht, auf dem Boden zu verbringen.
Wie ein Hündchen, hatte er sich neben meinem Bett zusammen gerollt und schlief weiter.
Das durfte doch jetzt nicht wahr sein. Da hatten wir nun das tollste und teuerste Bett weit und breit, und der legte sich daneben.
Ich konnte es nicht fassen.
Sollte ich mich jetzt darüber aufregen, oder sollte ich darüber lachen?

Da ich weder zu dem einem, noch zu dem anderen auch nur die geringste Lust verspürte, sondern müde war, verkniff ich mir jeglichen Kommentar.
Es ging mir wieder gut, es war schön kuschelig um mich herum, was wollte ich mehr. Soll er doch da unten liegen. Jedem, wie es ihm gefällt.
Diese Show zog er auch konsequent noch zwei Nächte durch.
Das war wieder einmal typisch für ihn. Es hätte ja auch durchaus sein können, dass er sich bei seinem wöchentlichen Fußballtraining etwas verklemmt hatte.
Oder er hatte eben sonst wo eine unkoordinierte Bewegung gemacht.
Aber nein.
So ist das nicht bei Georg. Wenn Georg sagt, das kommt von diesem Wasserbett, dann kommt das auf jeden Fall von diesem Wasserbett.
Nach drei Nächten hatte er dann aber irgendwie doch genug davon, den unliebsamen Bettvorleger zu spielen und zog wieder zu mir ins Himmelreich ein. Was für eine Freude.

31

Ich fühlte mich in den letzten Tagen aber auch wirklich ziemlich schlapp.
Ich wollte am liebsten gar nicht erst aufstehen, denn wenn ich genau das tat, dieses Aufstehen, ging es mir erst recht ganz mies.
Irgendetwas stimmte doch da nicht so ganz mit mir.
Und...woran denken da Millionen Frauen gleich zu aller, aller erst?
Genau. Wann hatte ich eigentlich das letzte Mal meine Regel?
Ja.... Wann eigentlich?
Ich war da so bisschen die „Nichtsoganzgenaunehmerin“
Ich glaube, es war so...na ja...etwa so vor Weihnachten???
Ach, du lieber Scheibenkleister.
Und nun?
Ein Test. Ein Schwangerschaftstest. Eine Apotheke und ich.
Das war die Lösung.
Wenn ich doch aber in dieser blöden Kleinstadt „ Felsennest“ einen Schwangerschaftstest kaufe, steht womöglich ein Taxifahrer hinter mir.
Ob der bei dieser Sensation dicht hält, ist nun aber wirklich sehr unwahrscheinlich. Dann steht mit 99,9%iger Sicherheit im Lokalteil.

FREUNDINN VOM VW-JUNIOR-CHEF SCHWANGER!!!
WIRD ES EINE TRAUMHOCHZEIT IN FELSENNEST GEBEN???
LESEN SIE NÄCHSTE WOCHE, WIE ES WEITER GEHT!!!

Oh, nein. Das konnte ich nicht machen.
Ich schlich mich also, unter einem lapidarem Vorwand, an einem Nachmittag zu meiner Ärztin des Vertrauens.
Frau Dr. Eschenbach, eine wirklich nette, rundliche Person, mit mahagonisfarbenen Haar, rehbraunen Augen und rot polierten, glänzenden Wangen sah mich erwartungsvoll an.
Ich stotterte mehr oder weniger mein Problem vor ihr ab und setzte dann meinen allerliebsten, treuen „Kannst du mir weiterhelfen Blick" auf.
Sie verstand alles sofort.
Ich durfte in ihrem Labor eine Urinprobe abgeben und sollte in zwei Tagen wieder kommen.
Zwei Tage.
Zwei Tage Urlaub sind weg wie Eis in der Sonne.
Aber zwei Tage Urin im Labor!
Das ist wie 50 Wochen auf Urlaub warten!
Oder wie Kehlkopfentzündung mit Sprechverbot!
Oder wie eine Woche nur Sportkanal!

Eigentlich war ich mir ja schon ganz sicher, dass ich schwanger bin.
Schließlich war ich das nicht zum ersten Mal in meinem Leben.
Ich fühlte schon, dass da etwas in mir ist, was vorher nicht da war.

Meine Gedanken schlugen schon Purzelbäume.
Mir wurde ganz heiß, wenn ich mir vorstellte. Ich werde noch ein Baby haben. Juchhu.
Wiederum rückte ich mich in die Schranken und sagte mir. Vorsicht Blümchen, nicht dass du dich da doch in etwas verrennst, was gar nicht so ist. Es kann so viele andere Gründe geben, dass du dich jetzt so –schwanger- fühlst.
Erst wenn der Test das bestätigt, darfst du dich auch freuen.
Und was wird erst der Georg, seine und meine Eltern und überhaupt alle dazu sagen?
Georg wusste ja, dass ich eine Pillenpause machen musste. Aber von anderer Verhütung hielt er nichts. Also, er hatte nun eine Menge dafür, aber nichts dagegen getan. Er wird sich doch auch ganz bestimmt dolle freuen. Oder?
Mit diesem „rein in die Kartoffeln, und raus aus den Kartoffeln" - Gefühlen hangelte ich mich über diese zwei endlos scheinenden Tage.
Nun saß ich wieder im Wartezimmer von Frau Eschenbach.
Auf dem kleinen Tischchen neben mir lagen so viele Heftchen und bunte Zeitschriften.
Von allen lächelten mich die hübschesten Babys, einmal mit und einmal ohne Zähnchen an.
„Die Schwangerschaft". „Dein Baby". "Wie wird richtig gestillt"
Unzählige Broschüren sprangen mich nur so an.
Hatten diese ganzen Heftchen eigentlich schon immer hier gelegen?
Ich konnte mich gar nicht erinnern.
War die Schwester an der Anmeldung nicht heute ganz besonders nett zu mir? Sie hatte doch so ein

sanftes Lächeln, wie sonst nie. Oder?
Mensch Blümchen. Jetzt reiß dich aber mal zusammen. Du hast ja schon Halluzinationen!
So hast du dich doch bei den ersten beiden Kindern nie benommen.
Wird man mit einer Schwangerschaft mit 29 Jahren schon wunderlich?
Ich starrte auf die vielen kleinen, süßen Babys neben mir und suchte krampfhaft nach einer Erklärung für mein Benehmen. Ich war so sehr mit mir beschäftigt, dass ich erst jetzt die drei anderen Frauen im Wartezimmer bemerkte.
Die drei Frauen im Wartezimmer glotzten mich ziemlich fragwürdig an.
Warum die wohl hier waren. Die hatten bestimmt nicht solches Chaos in sich. Das waren bestimmt Routineuntersuchungen. Aber warum glotzten die denn dann so doof?
Die „Sanftlächelnde" von der Anmeldung strich mir über den Arm und zauberte somit die Lösung herbei.
„ Frau Blume, Sie wurden bereits zweimal aufgerufen. Haben sie es nicht gehört? Ist Ihnen nicht gut? Kommen sie, ich bringe sie zur Frau Doktor."
Na Super. Einhundert Punkte für Sonnja Blume Bindestrich Held.
Unter den Blicken der Frauen, die natürlich sofort kapiert hatten wurde ich nun zu Frau Doktor geleitet.
Diese Blicke hätte ich mir auch in der Felsennester Apotheke für 15,80 DM kaufen können.
Naja. Das brauchte ich nun aber auch wirklich nicht mehr zu tun.
Als ich das Zimmer von Frau Eschenbach betrat war ich nämlich schlagartig hell wach.

Frau Doktor stand sofort auf und kam mir mit einem breiten Grinsen entgegen.
Irgendwie waren ihre Wangen heute auch noch viel roter als sonst.
Sie reichte mir die Hand und schüttelte sie kräftig durch. Sie gratulierte mir zur Schwangerschaft und wünschte mir einen bestmöglichen Verlauf.
Und sie ist ja so froh, mir diese Mitteilung, als meine Allgemeinärztin machen zu dürfen. Und das ich doch jetzt zum Frauenarzt solle, einen Mutterpass holen. Und das ich mich doch sofort melden solle, wenn irgendetwas ist.
Und was ich denn nun dazu sage.
Und ich. Ich sagte erst mal gar nichts. Frau Eschenbach hielt noch immer meine Hand, und tätschelte an ihr herum.
Also wurschtelte ich meine Hand erst mal aus ihrer Hand und ließ mich auf den Stuhl neben mir fallen.
Da war auch gleich wieder die „Sanftlächelnde" zur Stelle und hielt mir ein Glas Wasser unter die Nase. Können die hier alle hellsehen oder was?
Mein erstes Wort war dann also „Danke" und im gleichen Moment fing ich erst mal an zu heulen. Ich sagte noch mal „Danke" und heulte weiter.
Ich weiß auch gar nicht warum ich jetzt heulte, aber ich heulte und es war schön.
Frau Doktor hatte auch schon Tränen in den Augen und faselte etwas von den Hormonen, die da wohl verrückt spielten.
So heulten wir uns also beide ein bisschen etwas vor, bis wir endlich darüber lachen konnten. Jetzt konnte ich ihr auch mitteilen, wie sehr ich mich über dieses Baby freue, weil doch der Georg meine ganz, ganz große Liebe ist und auch noch gar kein eigenes Kind

hat. Sein erstes eigenes Kind... nach den anderen 3 Blumentöpfchen. Und ich, ich bin die Mami dazu. Wahnsinn.
Und Frau Doktor freute sich mit mir.
Ich bedankte mich nun noch einmal und schüttelte auch kräftig ihre Hand.
Als ich auf der Straße stand, hätte ich am liebsten laut geschrieen.
"Ich bekomme ein Kind"
„Ja, ich, Sonnja Blume- Held"
Das konnte ich mir aber gerade noch verkneifen.
Ich war hier in Felsennest und nicht in Leipzig, Dresden oder Berlin, wo Frau Unbekannt einen ihrer Anfälle auslebt.
Eins konnte ich mir allerdings nicht verkneifen.
Ich ging in den nächsten Konfektionsladen und kaufte einen hübschen blau-weiß gestreiften Baby- Strampler mit einer roten Schleife, ein weißes Samtpullover-chen und weiße Mini-Schuhchen.
Mit diesen Puppenstubensachen machte ich mich auf den Weg nach Hause.
Heute war mein Glückstag. Keine Schnapszahl weit und breit.
Was die wohl sagen werden?
Ich fuhr nach Hause, parkte mein Auto- wieder mal völlig schräg gegen den Strich, wie immer, wenn man eben etwas völlig anderes im Kopf hat.
Männern passiert ja so etwas nicht, nicht mal im Stress.
Ich stürmte auf das Autohaus zu. Jetzt wollte ich meinem Schatz gleich die freudige Nachricht kredenzen, wollte sehen, wie sehr er sich freut.
Da kam Georgs Vater aus der Tür gestürzt, und nahm direkten Kurs auf mich.

„Der Georg ist nicht da“ sagte er. Er ist auf der Zulassungsstelle und erst in ungefähr einer Stunde wieder hier.“
Ich stoppte und war gleich völlig meines Planes entraubt.
Irgendwie muss mir Herr Reich das angesehen haben, dass ich völlig verdattert war.
Höflich fragte er mich “Gibt’s was wichtiges?“
Ich hörte mich sagen: “Ach nee, ich wollte dem Georg nur erzählen, dass ich ein Kind kriege.“
Jetzt war er dran, mich völlig verdattert an zu gucken.
Plötzlich kam er auf mich zu, hob mich hoch und wirbelte mich eine Runde durch die Luft.
Genauso fix stellte er mich wieder vor sich hin und sagte: “Was hast du da gesagt? Ein Kind? Heißt das, ich werde Opa? Wirklich“?
Ich sagte: “Klar“
„Da freu ich mich, das ist ja Wahnsinn. Weiß das der Georg schon?“ fragte er.
„Nee, der ist ja nicht da, hast du gesagt.“
„Ach ja, stimmt. Also weiß ich jetzt eher das ein Kind kommt, als der Georg“? Fragte er ungläubig.
„Mhm“ murmelte ich.
Er wandte sich zum Gehen und lief kopfschüttelnd in Richtung Autohaus zurück. Vor dem großen Rolltor blieb er noch einmal stehen, drehte sich zu mir um und lachte mich an.
Es rührte mich zu Tränen, dass Gerhart Reich sich so ehrlich und offen freuen konnte.
So kam es also, dass Herr Reich eher von seiner Opaschaft wusste, als Georg von seiner Vaterschaft.
Langsam ging ich zum Haus.

32

Als die Tür hinter mir ins Schloss fiel, rutschte ich erst einmal an ihr herunter.
Ich wusste nicht ob ich jetzt lachen oder weinen wollte. Alles würde sich wieder verändern. Bis zum Sommer konnte ich noch arbeiten.
Alina wird eingeschult und ich werde hoffentlich genügend Zeit für sie haben.
Wie werde ich das alles meistern? Wird Georg mir helfen? Wie geht das jetzt in einem „nicht sozialistischen" Kreißsaal zu? Wie errechnet man den genauen Geburtstermin?...und ja genau, jetzt wo ich es doch genau weiß, dass da was ist: Wird unser Baby ein Mädchen oder ein Junge? Wie wird es aussehen? Wird es gesund sein?
Völlig in diese Gedanken versunken, hatte ich gar nicht bemerkt, dass Lukas und Alina die Treppe herunter geschlichen waren und mich anstarrten.
Alina stupste mich an und fragte vorsichtig: „Mutti, kannst du so schlafen"?
Ehm, was schlafen?
Plötzlich tauchte ich aus meiner Gedankenwelt auf und lachte mein beiden Mäuse an. Ich sagte: „kommt setzt euch mal mit hier auf den Boden ich muss euch was ganz tolles erzählen" Gespannt setzten sie sich vor mich hin und ihre Augen wurden immer größer vor lauter Neugier.
Was sage ich den beiden Pflänzchen denn nun. Besser

gesagt, wie sage ich es denn nun?
Da ich nicht so gerne um den heißen Brei herum rede, dachte ich mir:
Mit Bienchen und Blumen brauche ich hier keine Arien singen. Einfach so wie es eben ist.
Wir saßen uns im Schneidersitz gegenüber und ich redete drauf los.
„Also ich habe da eine Überraschung für euch. Es ist etwas, dass gehört bald zu unserer Familie. Es wird unser ganzes Leben hier verändern und wir werden es ganz sicher ganz lieb haben".
Beide staunten mich mit ihren großen Augen an. Im gleichen Moment brachte dann jeder ein Wort heraus. Lukas rief: "ein Hund" und Alina rief: „eine Miezekatze".
Na ja, dachte ich, da lagen sie ja nah dran und musste augenblicklich lachen.
„Nein" sagte ich, „das stimmt nicht ganz. Aber ich will es euch verraten. Wir werden im Herbst ein Baby bekommen"!
Da standen ihren kleinen Münder offen. Sie staunten nicht schlecht. Alina sagte. „Ist das dann ein Junge oder ein Mädchen, dass in unser Haus kommt"?
Ich erklärte den beiden, dass ich das noch nicht wüsste.
Das konnte Alina gar nicht verstehen und meinte, ich müsste doch wissen, was ich für ein Baby bestellt habe. Sie sagte: „ Also ich will lieber ein Mädchenbaby haben, weil ich will lieber Tante , und nicht Onkel werden"
Das fand ich sehr witzig und wieder mal sehr typisch, für meine kleine Schnattertasche.
Wir redeten dann noch so dies und das, was sich so alles bei uns verändern wird. Alina und Lukas schu-

fen sofort große Pläne für ihr neues Geschwisterchen und redeten wild durcheinander. Lukas sprach eher von den praktischen Dingen, wie Fußball spielen und Fahrrad fahren, wenn es ein Junge wird. Alina plante sofort ein Barbie- Paradies in ihrem Zimmer und das gemeinsame Planschvergnügen in der Badewanne, wenn es ein Mädchen wird. Jeder war sofort bereit, den neuen Schlafgast in sein Zimmer auf zu nehmen. Na, dachte ich, da wird es wohl noch einige Kämpfe geben. Da hatte ich noch ein Stück Arbeit vor mir. Immerhin ist mit so einem kleinen Baby ja nicht gleich alles möglich, was sie sich so ausdachten.

Wir einigten uns darauf, dass bis zum Herbst noch allerhand Zeit ist und wir dann gemeinsam noch viele Sachen ganz genau besprechen werden.

Damit hatte ich ihre Neugier beruhigt und sie gingen in ihre Kinderzimmer.

Ich ging in die Küche, um das Abendbrot vorzubereiten.

Heute war doch wieder der perfekte Tag für Pommes und Chicken.

Ich hantierte in der Küche und überlegte dabei, wie ich die freudige Nachricht meinem Georg sagen könnte.

Als ich den Tisch deckte, hörte ich, wie er zur Tür herein kam.

Jetzt war ich doch ganz schön aufgeregt. Mein Herz schlug bis zum Hals und mir war kochend heiß.

Ich hätte es sowie so niemals geschafft, auf irgend einen „besonderen Moment" zu warten. Dafür freute ich mich viel zu sehr und wollte diese Freude auch mit meinem besten Freund teilen.

Er kam in die Küche und ich strahlte ihn aus allen verfügbaren Poren an.

Er lächelte, kam auf mich zu, und hob mich in die Luft. „Ist das wirklich wahr,
ich werde Vater"? Ich schaute wohl etwas verdattert auf ihn herab und sagte:
„Ja, woher weißt du..."?
„Mein Vater hat es mir gesagt und im Autohaus haben Sie mir schon alle gratuliert".
Peng.
Das war's.
Jetzt stand mir zur Abwechslung mal der Mund offen, was ehrlich gesagt, nicht so oft in meinem Leben vorkommt.
Aber darüber brauchte ich mich ja erstens nicht zu wundern und zweitens musste ich ja auch gar nicht sauer sein.
Das Strahlemann- Gesicht von Georg sprach tausend Bände. Er war happy bis zum Himmel und zurück. Und das sagte er mir auch.
Er nahm mich in den Arm. Drückte und küsste mich, das mir fast die Luft weg blieb. „Ich freue mich so sehr, das kann ich gar nicht so richtig sagen, wie.
Ein eigenes Kind, damit hatte ich jetzt gar nicht gerechnet, das ist ja so, so schön." Sagte er mir.
Der Pommes Duft hatte wohl die Kinder in die Küche gelockt.
Sie stürmten herein und sagten zum Georg. „Vati, weißt du schon, was wir bald kriegen"?
Er stellte sich „dumm" und behauptete felsenfest. „Nein".
Da sprudelte es aus Alina nur so heraus. „ Die Mutti hat gesagt, im Herbst, immer da, wenn die Blätter von den Bäumen fliegen, da kriegen wir dann ein Baby, aber die weiß gar nicht richtig ob dass ein Mädchen oder ein Junge ist, was die da geliefert kriegt. Ich

hab erst gedacht, das eine Miezekatze in unser Haus kommt, weil die hat so, wie ein Geheimnis draus gemacht, aber es ist bloß ein Baby und jetzt kannst de dich darauf freuen. So. ...und nämlich wenn, das ein Mädchen ist, dann kommt die nämlich mit zu mir ins Zimmer und da können wir immer Barbie spielen, da habt ihr mal eure Ruhe"...
Puh, konnte die quasseln, woher sie das nur hatte?
Es war so herrlich, wie sie dieses aufregende Erlebnis schilderte.
Ich hatte inzwischen den Tisch gedeckt und den Ausführungen meiner kleinen Tochter zugehört. Da konnte man sich wirklich köstlich amüsieren.
Als wir dann alle am Tisch saßen, redeten wir noch über alles andere, was wieder so den ganzen Tag geschehen war. Leider brachte ich keinen einzigen Bissen herunter. Mir war plötzlich wieder furchtbar schlecht. Aber das war nicht so schlimm, fand ich, jetzt hatte ich die Gewissheit, dass es für einen „guten Zweck" ist.
Ich legte mich auf die Couch ins Wohnzimmer und hing meinen Gedanken nach.
Es war schon einzigartig, dass ich nicht dazu gekommen war, dem Georg die winzigen Baby Sachen und Schuhchen irgendwo hin zu stellen...
Dabei sieht man solche Szenen oft genug im Fernsehen.
Es ist schon eher die Regel, dass in so einem Moment dem Mann der Mund offen stehen bleibt. Diesen Moment hatte ich verpasst. Leider.
Ausnahmen bestätigen eben mal wieder die Regel.
Ich war wohl ein bisschen eingeduselt, als ich plötzlich, wum, die Kellertür von unten plauzen hörte. Schlagartig saß ich senkrecht auf der Couch..

An diesen Urknall aus dem Keller sollte ich mich nun gewöhnen.
Gertraude und Gerhart Reich waren endlich in ihre Haushälfte eingezogen.
Sie hatten durch den Keller freien Zutritt in unsere Wohnung.
Jetzt konnte es nur die „angehende Oma" sein.
Zack, stand sie auch schon in unserer Stube.
Ohne ein „Guten Abend" schoss es auch schon aus ihr.
„Was habe ich da gehört, du kriegst ein Kind? Na sage mal, wieso denn das auf einmal"?
Ich zuckte mit den Schultern und nickte etwas schuldbewusst.
Wieso freut die sich denn gar nicht, dachte ich mir. Die wird doch auch zum aller, aller erstenmal in ihrem Leben richtige Oma.
Schon kamen die nächsten Fragen angeschossen.
„Wann denn"? Und wie lange musst du da jetzt noch genau arbeiten"?
Dieses Frage –Antwort Spiel kannte ich ja nun schon zur Genüge.
In Ihrer Luftpause sagte ich schnell: „Herbst, vielleicht September"
Sie stoppte kurz und sagte dann bedächtig:" Ja, das sind glaub ich, gute Menschen... Na ja, wie dem auch sei...,das kriegen wir schon auch noch groß!!!"
Was? Wie? Wir?
Ein bisschen mehr Euphorie hatte ich mir schon gewünscht.
Aber so war sie nun mal. Dazu hatte Frau Reich noch keinen Plan B gemacht, geschweige denn eine Plan A. Das konnte Gertraude Reich sehr, sehr schwer einordnen und verarbeiten. Dazu brauchte sie Zeit.

Georg hatte inzwischen die Kinder ins Bett gebracht und kam gerade die Treppe herunter.
Sie sah ihn an und sagte. "Was habt ihr denn da jetzt wieder gemacht"?
Seinem Gesichtsausdruck zu folge stellte er sich die gleichen fragen, wie ich kurz vorher.
Was? Wie? Wir?
Seine Antwort kam sehr schnell und treffend.
„Ein Kind, ja und"?
Bingo. Jetzt stand ihr Mund offen.
Das musste der Tag der offen stehenden Münder gewesen sein. Vielleicht ein Tag, wo man besonders viel Luft brauchte, um ohne Schaden weiter existieren zu können. Hauptsache kein Schnapszahlentag, denn es war ein Glückstag für unsere kleinen Familie.
Jedenfalls klappte auch Gertraude Reich ihr Mund von alleine wieder zu.
Nach einigen Einwänden von wegen „Habt ihr euch das auch richtig überlegt" usw. usw. hatte sich die zukünftige Oma wieder etwas beruhigt.
Wum. Da plauzte auch schon wieder die Kellertür und der „zukünftige Opa" kam mit einer Flasche Sekt empor gestiegen.
„Ich glaube hier gibt's was zu feiern", rief er fröhlich.
„Georg hol doch mal 4 Gläser"!
Georg holte Gläser und wir setzten uns alle gemütlich um den Couchtisch.
Wir plauderten gemeinsam um das bevorstehende Großereignis.
Als wir mit dem Sekt anstießen, meinte Gerhart Reich.
„Ich hoffe, dass das ein Junge wird, sonst kriegst du eine Mieterhöhung, dass das klar ist"
Ich hoffte, dass das, was er da gesagt hatte, ein Scherz ist, sonst kriegt er einen Tritt ins Knie...von mir per-

sönlich, versteht sich!
Dass das auch mal klar ist.
Ich sagte aber vorsichtshalber nichts und dachte mir ganz diplomatisch diesen Teil, meines gemeinen Gedankengutes.
Außerdem war ich sehr, sehr müde und wollte mich nur noch in mein schönes Bett verkriechen.
Das tat ich dann auch.

33

Jetzt freute ich mich mit jedem Tag mehr auf unser gemeinsames Baby.
Inzwischen wussten wirklich alle Bescheid.
Alle Geschwister, Onkels, Tanten, Cousins Freunde, Bekannte, natürlich auch fast alle VW Kunden und auch meine Eltern.
Anfangs war ich mir gar nicht so sicher, ob das auch für meine Eltern so eine riesige Freude werden würde.
Ich kannte meine Mutter nun fast 30 Jahre und wusste genau...
Da kommt noch was...
So war es dann natürlich auch.
Bei aller anfänglichen Freude fragte sie mich auch grade heraus, wie es denn da nun mit dem Heiraten aussieht.
Nun druckste ich ganz schön herum.
Na klar hatte ich mir da auch längst meine Gedanken gemacht.
Bei dem Gedanken, dass wir zwar nun einen Helden gezeugt hatten, aber er ja gar kein wirklicher „Held“, sondern ein echter „Reich“ ist...hatte ich auch so meine Bedenken.
Sicher, wir hatten über dieses Thema schon vor längerer Zeit mal gesprochen.
Es war geplant, aber es gab da keinerlei zeitlichen Anhaltspunkt.

Das Gespräch mit meiner Mutter machte mich nachdenklich.
Sollte ich jetzt mit Georg sprechen oder lieber doch nicht?
Ist es in der heutigen Zeit wirklich noch so sehr von Bedeutung über einen Trauschein zu verfügen?
Gibt es inzwischen nicht die Möglichkeit dem Kind den Namen des Vaters zu geben? Ist das wiederum gut, oder nicht?
Da gingen mir ja nun wieder einmal allerhand Fragen durch den Kopf.
Ich merkte sofort, dass ich auf all diese Fragen allein keine Antwort fand.
Wiederum war es aber für mich auch bisher gar nicht so sehr wichtig gewesen.
Diese ganzen Fragen hatten sich so plötzlich bei mir eingeschlichen und hielten mich nun wach.
Aber wie das eben im Leben nun einmal ist, war der Herr Zufall unterwegs zur richtigen Zeit auch noch am richtigen Ort.
Es war ein kalter Samstag Nachmittag.
Ich hatte eine leckere Quarktorte gebacken. Diesen Kuchen mochte Georg am liebsten. Der feine Duft schlich durch das ganze Haus und wir freuten uns schon auf ein gemütliches Kaffeetrinken.
Gertraude und Gerhart Reich wussten Bescheid, wir hatten es so abgesprochen, uns gemeinsam 15 Uhr in unserem Wohnzimmer zu treffen.
Rums. Die Kellertür plauzte pünktlich ins Schloss. Familie Reich stand in der Tür. Also darauf war echt Verlass, da hätte man die Uhr danach stellen können. Bei den Leuten ist 15 Uhr auch wirklich 15 Uhr.
Wir quasselten wieder allerhand durcheinander. Jeder hatte etwas zu erzählen.

Die Kinder von Schule und Kindergarten. Gertraude Reich erzählte von ihrem Kindergarten und Georg und sein Vater hatten sowieso immer nur das eine Thema. Autohaus hinten vorn oben und unten.
Lukas und Alina machten sich immer ziemlich schnell aus dem Staub und gingen spielen oder Fernsehen.
Klar das sie sich nicht für das, was wir uns unterhielten, interessierten. Hauptsache der Kuchen war lecker, und das war er ja auch wirklich.
Inzwischen hatten Gertraude und ich den Tisch abgeräumt.
Gerhart hatte es sich auf dem Sofa mit einem Feierabend Bierchen bequem gemacht.
Schnell waren wir auch wieder bei dem Thema Baby angekommen.
Ich war am Freitag beim Frauenarzt und hatte meine blauen Mutterpass bekommen. Jetzt war es also ganz offiziell.
Unser kleines Baby sollte Ende September zur Welt kommen.
Die erste Ultraschall Untersuchung hatte mein Frauenarzt gleich gemacht und ich zeigte ganz stolz die Bilder. Allerdings brauchte es da schon eine große Portion Fantasie, um auch nur annähernd etwas erkennen zu können.
Eigentlich sah man wirklich nur hellgraue, mittelgraue und dunkelgraue Pünktchen.
Nicht so allerdings Gertraude Reich.
Sie erkannte natürlich ganz fachmännisch den winzigen Körper ihres Enkels. Theatralisch beschrieb sie den Kopf die Ärmchen und Beinchen dieses kleinen Menschleins.
Georg und ich verdrehten die Augen und schmunzelten uns zu.

Gerhart Reich ließ die fachkundigen Bemerkungen an sich herab rieseln und nickte natürlich aufmerksam an der richtigen Stelle. Er bestätigte alle Ausführungen mit einen sicheren „Ja“ und „Ach so“ und die Welt war für ihn sichtlich in Ordnung.
Gertraude Reich wollte sich die Bilder ausborgen, um sie ihren Kolleginnen zu zeigen. Das fand ich ziemlich witzig, bei all dem grau in grau.
Natürlich sollte sie die Bilder haben. Ich amüsierte mich darüber und gab sie ihr auch gerne mit.
Es schien mir, als brauche sie das, um sich von der Richtigkeit der ganzen Baby Aufregung zu überzeugen und es vor ihrem Team zu bekräftigen.
Draußen stürmte ein kalter Wind und fegte einen ungemütlichen Eisregen an die Scheiben. Es war ein Wetter, wo man wirklich nicht mal den Hund vor die Tür schicken würde.
Hier drin aber, in unserem hübschen Wohnzimmer war es angenehm warm.
Jeden Tag konnte ich mich wieder neu über unser schönes Haus freuen.
Ich war so in meinen Gedanken versunken als mich plötzlich die Frage von Gerhart Reich wachrüttelte. Was hatte er da eben gesagt?
Ich ließ die Worte in meinem Kopf wieder hallen und guckte Georg mit großen Augen an. Georg guckte mich mit großen Augen an und Gertraude Reich rutschte irritiert auf dem Sessel hin und her.
Gerhart Reich hatte doch tatsächlich so eben den Georg gefragt. „Sag mal und wie ist das denn nun mit heiraten? Schließlich hast du nun mal der Kleinen ein Kind gemacht...also da wird nun aber auch gefälligst geheiratet.“
Sprach es...und alle anderen guckten dumm aus der

Wäsche.
Zuerst fand Georg zur deutschen Muttersprache zurück.
Ich sah ihm an, das es ihm ziemlich schwer fiel die richtigen Worte zu finden.
Langsam stand er auf und sah ziemlich verwirrt auf seinen Vater herab.
Dabei sagte er „Also du kannst einem aber auch alles vermasseln"
Jetzt kapierte ich erst mal gar nichts mehr. Häh ? Wie jetzt?
Georg ging aus dem Wohnzimmer und ließ uns drei dort ziemlich verdattert zurück.
Nach gefühlten 300 Jahren stand er plötzlich mit einem riesigen Straus dunkelroter Rosen wieder in der Tür.
Gertraude, Gerhart und ich hatten kein einziges Wort miteinander gesprochen.
Georg kam jetzt auf mich zu und zog mich aus dem Sessel.
Er strahlte mich an und sagte. „Also okay, so war das nun eigentlich nicht geplant, sondern ganz anders aber egal, jetzt ist es eben so gekommen...ich möchte dich hiermit fragen, ob du mich heiraten möchtest?"
Ich fiel ihm um den Hals und hauchte ihm, überwältigt und überglücklich ein „ja" ins Ohr.
Es war so ein schöner Moment für uns beide. Es war als ob die Welt für einen kleinen Moment stehen geblieben war. Es war, als gebe es wirklich nur uns zwei.
Es war einzigartig.
Georg fischte aus seiner Hosentasche ein kleines rotes Schächtelchen in Herzform und gab es mir. Ich schaute ihn verliebt an und öffnete dieses kleine Etui.

Mich blitzte ein wunderschöner Ring an. Er war so zauberhaft. Weiß und Gelbgold mit einem klarem und einem rosafarbenen Diamant. Toll. Echt schön.
Bei Rosamunde Pilcher müssen alle an der Stelle automatisch vor lauter Freude losheulen. In meiner eigenen Hauptrolle musste ich das erst in dem Moment, als Gerhart Reich aufsprang und uns zu dieser Entscheidung gratulierte.
Ich war so gerührt von dem Erlebnis. Ich fühlte mich wie im siebten Himmel.
Ich hatte ganz vergessen, das die „Schwiegereltern" hier Zuschauer waren.
Gertraude Reich kommentierte das Ganze mit den Worten:
„Ach so, jetzt wird also auch noch geheiratet, aha, wann denn"?
Also diese Frage konnte und wollte ich jetzt beim besten Willen nicht beantworten.
Deshalb überhörte ich sie auch schlichtweg.
Ich ging in die Abstellkammer um eine große Vase zu suchen.
Jetzt brauchte ich erst einmal eine kleine Auszeit, nach dieser ganzen Aufregung.
Gerhart Reich hatte diese Situation wohl auch so erkannt.
Er sagte „ So, na dann ist ja alles geklärt, wir machen dann jetzt mal wieder los"
Er wedelte seine Frau mit einer energischen Handbewegung in Richtung Kellertreppe und nickte mir zu.
Ich gab den Rosen Wasser und ging in das Wohnzimmer zurück.
Georg strahlte mir entgegen. Wir kuschelten uns eng aneinander.

Jetzt konnte er mir in Ruhe erzählen, wie sein eigentlicher Plan war.
Er hatte sich ausgedacht, mich am nächsten Morgen zu überraschen.
Er wollte mir noch sagen, dass er am Sonntag das Frühstück zaubern wird, und ich doch einfach noch ein bisschen länger in den Federn bleiben soll.
Ja und da sollte es dann passieren. Wenn er mich wecken kommt.
Ein Heiratsantrag an einem Sonntag Morgen.
Soweit der Plan.
Okay, das wäre sicher auch ganz toll geworden...Aber was geht denn in diesem Leben schon wirklich nach Plan?
Es war auch so, wie es jetzt eben war, sehr, sehr schön.
Vielleicht hätte ich diesen Antrag gar nicht so gut auf nüchternen Magen vertragen. Schließlich befand der sich immer noch in einer rebellierenden Haltung meinem Körper gegenüber.

Einige Sonnenstrahlen tanzten durch unser Schlafzimmer und kitzelten mich langsam wach. Ich blinzelte mich in den Sonntag.
Neben mir lag der Mann, den ich über alles liebte. Ich hätte ihm so gerne stundenlang beim schlafen zugesehen.
Behutsam zog ich ihm seine Decke zurecht. Mein Blick fiel dabei auf meine linke Hand.
Der Ring an meinem Finger glänzte überglücklich und zufrieden.

34

Plötzlich ging alles irgendwie sehr schnell. Alle waren aufgeregt.
In Felsennest gibt es eine Traumhochzeit.
Achtung an alle Lokalteilkritzler...jetzt war es tatsächlich soweit.
Ich wollte nicht mit einem Kugelbauch heiraten.
Deshalb hatten wir uns auf einen Termin im nächsten Monat geeinigt.
Mir war nur wichtig, das es kein 11. oder 22. ist, denn die Zahlen sind mir nach wie vor unheimlich.
Nicht auszudenken, was das nur wieder nach sich ziehen könnte...
Die Vorbereitungen für unseren großen Tag nahmen Formen an.
Dafür mussten wir nicht nur aktuelle Abstammungsurkunden besorgen, sondern auch noch ganz viele andere Sachen organisieren.
Gertraude Reich bekam die Aufgabe sich um die kulinarischen Sachen zu kümmern. Da konnte sie ihr organisatorisches Talent wieder einmal voll zum Einsatz bringen.
Bei der Frage, mit welchem Auto wir zum Standesamt fahren, waren wir uns eigentlich auch ganz schnell einig. Es sollte ein rotes Cabrio sein.
Richtig chic und standesgemäß, wie sich das für einen Autohaus Juniorchef gehört. Toll geschmücktes Auto...und dann nur wir zwei.

Diesen Part überließ ich mit ruhigem Gewissen meinem Bräutigam, seinem Vater, oder auch meinem Freund Struppi.
Alois Strumpf war der Herrscher über die blitzblanken Autos. Das war sein Revier.
Darum musste ich mich nun wirklich kein bisschen kümmern.
Das wird schon alles so klappen, das es passt.
Jetzt hatten wir für alle Vorbereitungen noch genau 4 Wochen Zeit.
Ich wollte ein schönes Kleid. Schöne Haare. Schöne Schuhe. Schönen Schmuck. Schöne Blumen. Schöne Feier. Schönes dies und schönes das. Schön, schön, schön...alles sollte einfach nur ganz dolle schön sein.
So, wie wir das bei Linda Demol alles gelernt hatten.
Ich machte mich auf den Weg zu einer bekannte Boutique im Nachbarort um mir dort ein Kleid auszusuchen.
Die Boutique gehörte einem VW Kunde, ganz klar.
Es war gar nicht so schwer meinen Traum in hell zu finden.
Das hatte ich mir echt schwerer vorgestellt. Schon beim dritten Kleid hatte ich genau das auf meiner Haut, indem ich mich wohlfühlte.
Mein Traumhochzeitskleid.
Ein schmal geschnittenes Oberteil, hinten zum schnüren, wie ein Coursage.
Und dann... ein langer ausgestellter Rock. Hinten länger als vorn.
Dazu ein kleines Jäckchen. Alles in cremefarbener Naturseide. Größe 36. Zuckersüß.
Keine Perlen. Keine Blümchen. Kein Schnickschnack und Chichi...einfache schlichte Eleganz.
So hatte ich es mir gewünscht.

Für die Haare ein paar Bänder aus dem gleichen Material. Fertig.
Das konnte sich sehen lassen, d. h. so konnte ich mich sehen lassen.
Kaiserin Sissy wäre vor Neid erblasst.
Dieser Traum hatte natürlich auch seinen stolzen Preis, aber das war es mir auch wirklich wert.
Wir vereinbarten wann und wohin die Lieferung des Kleides stattfinden sollte und somit hatte ich auch diese aufregende Angelegenheit erledigt.
Ich hatte einen Termin bei meiner Friseurin gemacht, denn wir mussten unbedingt ausprobieren, was wir auf meinem Kopf zaubern.
Inzwischen waren meine Harre wieder " alltagstauglich".
Jetzt hatte ich sie etwa ein Jahr gezüchtet und konnte auch schon wieder ein kleines Mäuseschwänzchen machen.
Das zaubern überließ ich jetzt also der hohen Handwerkskunst einer wirklich guten Friseurin.
Natürlich konnte ich mich da wieder voll auf Sylvi verlassen.
Sie hatte auf jeden Fall das richtige Gespür.
Mit Lockenwickeln verziert saß ich an ihrem Küchentisch und wir blätterten in ein paar Zeitschriften mit Brautmoden und Frisuren.
Ich wollte unbedingt diese Seidenbändchen, irgendwie in die Frisur hinein gebastelt haben.
Ich hatte eine Piccolo mitgebracht. Ein paar Schlückchen durfte ich unbedenklich nippen.
Nach dem trocknen bürstete, kämmte, toupierte und wuselte Sylvi um meinen Kopf herum. Ab und zu pieksten mich irgendwelche Spangen.
Sie kämpfte mit den Bändchen und voila...fertig.

Also echt, aber die Sylvi verstand ihr Handwerk, liebte es und betrachtete das nicht mehr nur als Beruf, sondern längst als Berufung.
Das war für mich so sicher, wie das Amen in der Kirche.
Sylvi hatte meine Haare hoch gesteckt und die Bändchen sehr schön darin verflochten...ich war echt platt.
Genau so hatte ich mir das erträumt und sie hat es umgesetzt. Diesmal folgte auch kein persönlicher Kulturschock.
Ich hatte eher den Eindruck, dass da auf meinem Kopf viel mehr war, als sonst irgendwann.
Ich war sehr froh, über ihr Geschick.
Wir brauchten dafür keinen zweiten Arbeitskreis. Termin und Uhrzeit waren schnell ausgemacht. Vorerst fitzelte Sylvi alles wieder auseinander und brachte mich wieder in den Normalzustand.
Das war also auch geklärt. Na wunderbar.

35

Jetzt war es auch höchste Zeit, für meine beiden Jungpflanzen ganz tolle Sachen auszusuchen.
Lukas wollte unbedingt die kleine Fliege und die glänzende Weste vom Schulanfang tragen. Er hatte Glück, denn das passte beides noch ganz prima. Nur aus Hose und Hemd war er schon wieder mal heraus gewachsen...
Und da war es wieder, dieses Gefühl. Lange, sehr lange hatte ich darüber gar nicht nach gedacht. „Kinder, wie die Zeit vergeht" und immer merken wir es erst wieder an solchen kleinen Dingen.
Wie schnelllebig doch die Zeit ist, in der wir uns jeden Tag mitdrehen.
Nutzt auch wirklich jeder von uns, die uns vorgegebene Zeit optimal und zielgerichtet?
Was ist das Ziel? Wie weit ist der Weg dahin? Wann kommen wir an?
Was geht vorbei und was fängt wieder Neues an?
Kann jeder nur im Rahmen seiner Möglichkeiten versuchen irgendwie durch sein Leben zu steuern? Oder kann man ausbrechen?
Kann man mehr tun, besser werden und sein? Kann man es schaffen mehr zu erreichen als nur das täglich klein in klein? Besser sein, als Andere?
Gerade jetzt mache ich mir solche Gedanken. Warum beschäftigen mich diese Fragen? Ich kniete im Kinderzimmer, mit der Hose in der Hand, die ich gerade

noch meinem kleinen großen Sohn Lukas anprobiert hatte und philosophierte vor mich hin. Ich hatte mir jetzt viel vorgenommen.
Ich wollte einen neuen Lebensabschnitt beginnen und hatte wirklich alles mögliche getan, um das Schiff in die richtige Fahrrinne zu manövrieren.
Alina holte mich aus meinen Gedanken.
Stöhnend wuchtete sie einen Otto Katalog vor meine Knie.
Sie strich sich ihre blonden Löckchen aus der Stirn und sagte:" Ich weiß schon, was ich zu der Hochzeitsfeier anziehen will"...So war sie, die kleine Maus.
Sie wusste schon wieder einmal ganz genau was sie wollte, die kleine Lady.
Mit einem verschwörerischen Blick hob sie den Zeigefinger und sagte:
„Pass mal auf Mami, ich hab nämlich ein Barbi Kleid gefunden.
Das zieh ich nämlich an."
Sie blätterte aufgeregt zwischen den Seiten hin und her. Endlich hatte sie ihren Traum in Pink gefunden.
„Gucke hier, das zieh ich an, stimmts Mami?"
Lukas stand hinter ihr und verdrehte die Augen. Ich sah es und sagte, wie ferngesteuert „Ja".
Alina drehte sich zu Lukas um und sagte: " Siehste „!
Lukas sagte : „Phh" .
So ist das. Zwei kleine Persönchen und schon zwei große Meinungen.
Uns somit war die Sache für alle eindeutig geklärt.

36

Der große Tag. Er rückte immer näher. Unaufhaltsam.
In meinem Bauch kribbelte es ständig, wenn ich nur daran dachte.
Nicht daran denken ging aber auch überhaupt nicht mehr.
Alles drehte sich nur noch um Vorbereitungen und Organisation für eine gelungene Hochzeit. Schließlich war es für uns beide jeweils die zweite Hochzeit und dieses Mal sollte alles richtig sein. Von Anfang an...
Lebendige Träume schwebten durch meinen Kopf.
Keine Kompromisse mehr.
Keine Zweifel. Nie mehr traurig und unglücklich sein.
Was konnte mir in diesem Leben schon noch passieren?
Jetzt war ich glücklich. Jetzt hatte ich es geschafft.
Dieses angenehme leichte Gefühl, als ob man nur noch aus Zuckerwatte besteht, es war da, es war wunderbar und es ging auch gar nicht mehr weg.
Dieses Bauchgefühl musste unserem kleines Baby doch sicher sehr angenehm sein, oder?
Ich denke, es hat bestimmt große Freude an diesem Glücksgefühlen um sich herum. Es schwebt mit mir zusammen.

Nur noch einmal schlafen gehen.
Nur noch einmal schlafen, wenn das überhaupt möglich ist.
Nur noch einmal aufstehen als Sonnja Blume-Held.
Ich hatte mich entschieden. Ich hatte genug Namen gesammelt auf meinem Weg. Für diesen Mann, ließ ich das jetzt alles hinter mir.
Georg Reich hatte mich verzaubert. Georg Reich war Alles für mich.
Ab heute wird es nur noch Sonnja Reich geben. Die Sonnja Reich.
Ab heute wird alles anders. Einfach noch viel, viel schöner, als bisher.
Nach einer kurzen Nacht, war *er* dann endlich da.
Unser großer Tag.
Ich war sehr aufgeregt. Auch bei Georg spürte ich eine Anspannung.
Na so was. Bisher hatte er sich da gar nichts anmerken lassen.
Der Termin auf dem Standesamt war 11 Uhr.
Kurz nach 7 Uhr wuselte ich schon durchs Haus.
Meine Eltern waren schon einen Tag vorher gekommen.
Sie wollten schließlich nichts von dem Großereignis verpassen.
Außerdem hatten auch sie ein paar Aufgaben bekommen.
Meine Mutter sollte sich um Lukas und Alina kümmern. Das tat sie sehr gern. Mein Vater sollte zwischen 9 und 10 Uhr das Brautkleid holen.
Ich hatte es bei meiner Chefin zur Aufbewahrung gegeben.
Außerdem wollte sie mir noch eine edle Kette mitschicken.

Ich wollte auch bei dem Brauch, etwas Neues, etwas Gebrauchtes, etwas Geliehenes und etwas Blaues bei mir zu haben, mithalten.
Neu, waren das Kleid, die Schuhe, die Dessous, die Strumpfhose...das sollte reichen.
Gebraucht war das Spitzen Taschentüchlein meiner Oma in meinem kleinen Umhängesäckchen.
Geliehen war die edle Kette meiner Chefin.
Blau war mein Strumpfband.
Nach einem kurzen Frühstück im Steh-Imbiss-Stil wollte ich nun duschen.
Ich sperrte symbolisch die obere Etage. Georg hatte keinen Zutritt mehr nach oben. Ich wollte ihn, wenn es so weit war überraschen.
Er zeigte mir einen Vogel und sagte „Na da mach mal".
Ach da fehlte ihm wieder mal ein Stück Romantik.
Das war mir allerdings egal, ich hatte schließlich genug davon.
Sylvie musste auch jeden Moment da sein.
Nun aber los.
Alles lief wie am Schnürchen.
Zu dem geräumigen Badezimmer hatten nur Sylvie, meine Mutter und natürlich meine allerbeste Freundin und Trauzeugin Birgit Zutritt.
Unten hatten sich schon ein paar andere Gäste eingefunden.
Das konnte ich an dem stimmlichen Durcheinander hören.
Die Klavier-Oma hatte Gerhart Reich im Wohnzimmer geparkt.
Georgs Cousin und Trauzeuge, sowie seine Frau Liane waren auch eingetroffen.
Mein Vater lieferte das Brautkleid. Meine Mutter half meinen beiden Kindern beim Anziehen.

Zwischendurch rief Gertraude Reich immer wieder „Gerhart hast du schon..., Gerhart bist du schon... oder Georg hast du schon, oder Georg bist du schon..."
Aber auch sie hatte 2. Etagen Verbot. Ich glaube, das passte ihr nicht so recht.
Ich hoppelte auf meinem Stuhl herum und war aufgeregt wie noch nie.
Sylvie zauberte ein zweites Mal. Jetzt musste ich mich nur noch schminken und anziehen.
Inzwischen war es fast halb 11 Uhr.
Sylvie kümmerte sich noch um die blonde Lockenpracht der kleinen Barbi Alina.
Meine Eltern schmissen sich jetzt auch in Schale.
Meine Birgit organisierte meinen großen Auftritt.
Wir hatten es uns so ausgedacht.
Georg sollte unten an der Treppe auf mich warten.
Alle anderen Gäste sollten draußen vor unserem Hauseingang Spalier stehen.
Unser Auto sollte als erstes bereit stehen. Danach die Autos der Gäste.
Wir hatten riesiges Glück mit dem Wetter.
Es war zwar ziemlich kalt, aber es regnete nicht.
10.45 Uhr.
Jetzt war es soweit.
Birgit hatte alles im Griff und gab grünes Licht.
Ich hörte, wie die Tür ins Schloss fiel.
Jetzt war unser Moment gekommen. Dieser Moment gehörten uns ganz allein.
Langsam setzte ich den Fuß auf die erste Stufe.
Langsam schritt ich die Treppe hinunter.
Und da stand er.
Er.
Mein Prinz.
Nicht, dass er je ein Frosch gewesen wäre, nein, nein.

Aber mal Hand aufs Herz, so etwas könnte ich auch beim besten Willen nicht küssen...nicht einmal anfassen.
Außerdem hatte ich auch nie eine goldene Kugel besessen, in den Brunnen fallen lassen und einen König zum Vater.
Zum Glück waren das alles nur Märchen aus längst vergangen Zeiten.
Diese Zeiten hatten sich geändert.
Elegant sah er aus in seinem dunklen Anzug, dem Hemd, der edlen Krawatte und den Blumen in der Hand. Chic, wie am ersten Abend...
Er lächelte mich charmant, ein bisschen verlegen und auch überwältigt an.
Ich sagte „da bin ich nun"
Ich sah, wie sich sein Kehlkopf nach oben und unten bewegte.
Er musste wahrscheinlich doch erst einmal schlucken, bevor er ein Wort heraus brachte.
Langsam sagte er: „Wow, du siehst klasse aus. Ich liebe dich. Komm lass uns heiraten gehen"
Ich sagte einfach : „Ja klar".
Er gab mir meinen Strauß. Helle Freesie mit zarten roten Anthurien.
Dazwischen ein paar Federn, zarte Perlen und Grün.
Traumhaft schön und edel.
Jetzt konnte es los gehen.
Erst jetzt hörte ich das Stimmengewirr vor der Tür.
Wir nahmen uns bei der Hand und gingen hinaus.
Als Georg die Tür öffnete, war es plötzlich still. Wir traten gemeinsam auf die Treppe und ein leises Raunen ging durch die Menge.
Nicht nur unsere engsten Freunde und die Familie standen da erwartungsvoll auf der Strasse. Auch das

gesamte Team des Autohauses und viele Nachbarn waren hier versammelt.
Das hatte ich so gar nicht erwartet.
Glücklich strahlten Georg und ich alle an. Viele Blicke wurden getauscht.
Hier und da ein Nicken.
Ich sah sie alle an, jeden einzelnen.
Langsam blickte ich von der linken Seite bis nach rechts.
Jeden Blick sog ich in mich ein.
Alle lächelten mich an. Und ich strahlte zurück.
Alles war so, wie ich es mir gewünscht hatte.
Alle waren da und sogar noch mehr...
Wir gingen langsam, Hand in Hand, die 3 Stufen hinunter in Richtung des Autos, das dort als erstes für uns bereit stand.
Die Leute gingen auseinander und machten uns Platz.
Ich sah das rote Cabrio. Es war toll geschmückt. Ich sah Struppi, wie er noch einmal verlegen mit seinem Ärmel über den Außenspiegel wischte und...
Plötzlich sah ich, was das Blut in meinen Adern gefrieren ließ.
Mein Lächeln erstarrte.
Auf dem Kennzeichen des Autos sah ich eine 77...